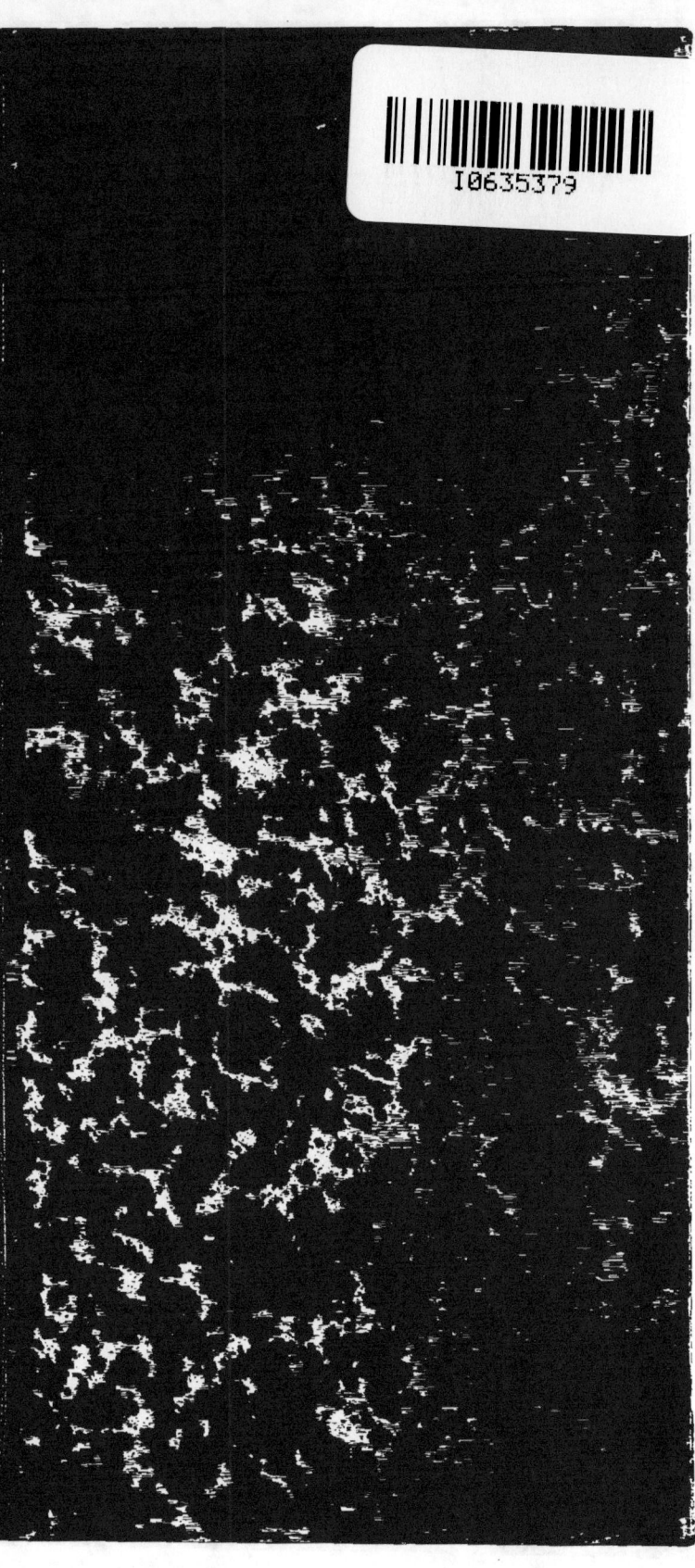

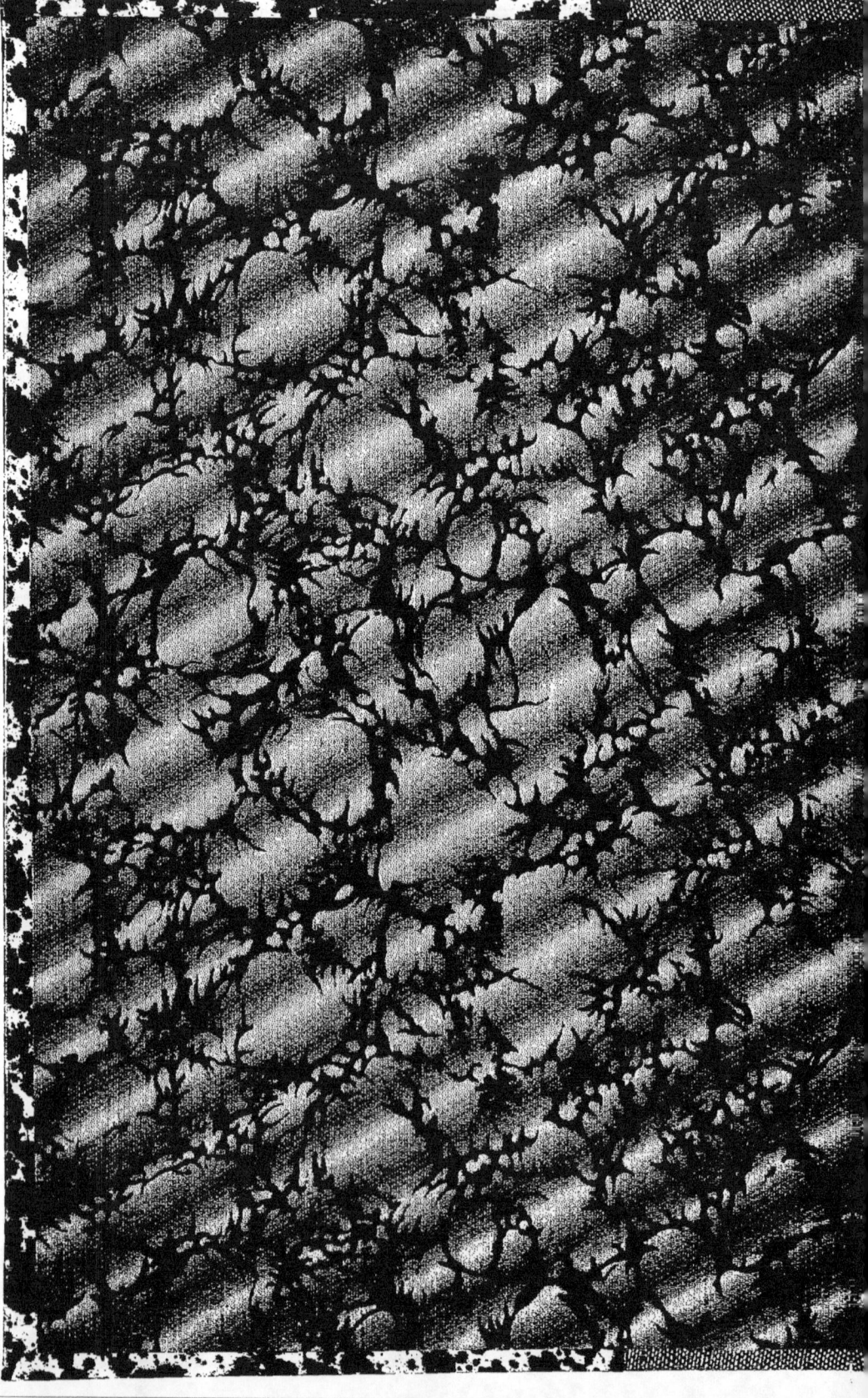

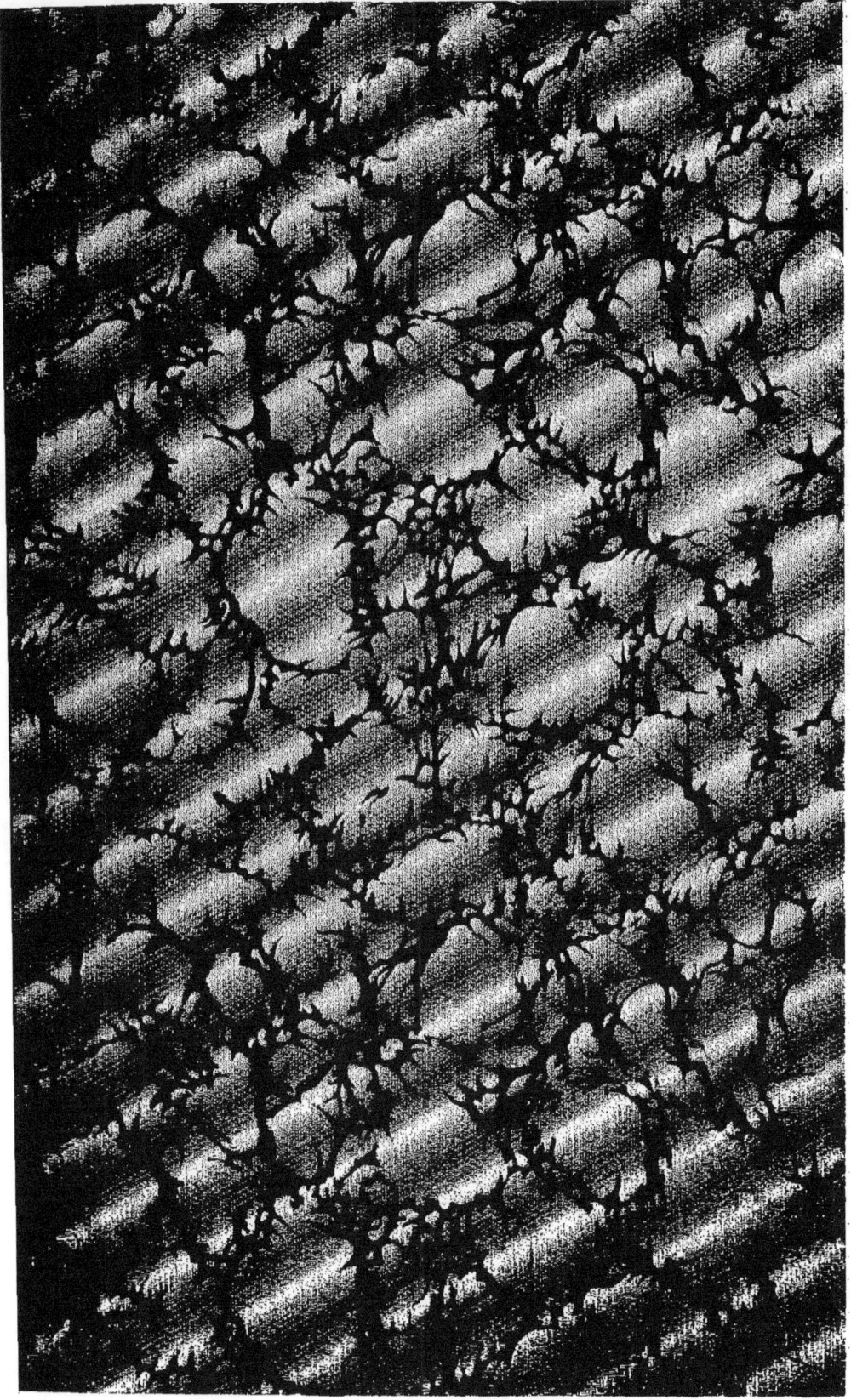

EXTRAITS

DES ŒUVRES INÉDITES

DE

THÉOPHILE DUFOUR

Ancien Membre de l'Assemblée Constituante

Deuxième Édition

SAINT-QUENTIN

IMPRIMERIE JULES MOUREAU, GRAND'PLACE, 7.

1876

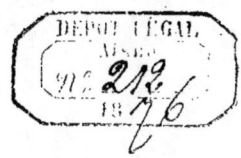
EXTRAITS

DES ŒUVRES INÉDITES

DE

THÉOPHILE DUFOUR

EXTRAITS

DES ŒUVRES INÉDITES

DE

THÉOPHILE DUFOUR

ANCIEN MEMBRE DE L'ASSEMBLÉE CONSTITUANTE

Deuxième Édition

SAINT-QUENTIN

IMPRIMERIE DE JULES MOUREAU

7, PLACE DE L'HOTEL-DE-VILLE, 7

—

M . DCCC . LXX . VI

..... Il me semble que je suis encore en 1848, aux premiers jours de l'Assemblée Constituante. J'étais jeune alors, et obscur, cela va sans dire, et dévoué, comme je le serai jusqu'à mon dernier souffle, au devoir, à la liberté, à la démocratie. Nous nous cherchions, parmi ces neuf cents inconnus que la Révolution venait de jeter dans la politique. Les plus pressés, — ceux qui formaient la noblesse d'alors, — les républicains de la veille, se jetaient à la tribune; les autres avaient peu d'occasions de se connaître et de se produire. Il fallut se montrer au 15 mai, en juin; il n'y a pas de modestie qui tienne, dans des moments pareils, où se montrer, c'est se dévouer. Il le fallut aussi, quand arrivèrent les grandes questions de l'Assemblée unique, du droit au travail, de l'instruction obligatoire, de l'élection du président par le pays ou par la Chambre. Théophile Dufour ne monta jamais les degrés de la tribune : il était sobre de discours dans les bureaux et les comités; même dans les couloirs et sur les bancs de la Chambre, il ne se communiquait pas au premier venu. Il perça cependant très-vite, et acquit dans nos rangs la renommée d'un homme de bien par excellence, d'un républicain sincère, ennemi

des exagérations et des utopies, très-instruit et cachant
son érudition avec soin, ou la réservant pour l'intimité ;
plein d'esprit quand il se livrait, éloquent dès qu'il
s'oubliait, sensible comme un enfant ou comme une
femme, et pourtant, si le devoir parlait, ferme, intré-
pide, impassible ; d'un jugement toujours sûr dans
les questions les plus difficiles, indépendant même de
son parti, ce qui est de toutes les indépendances la
plus difficile et la plus méritoire. Il avait quelques
vieux amis dans la Chambre, M. Vivien, M. Odilon
Barrot qui, malgré leur renommée, se trouvaient de
pair avec lui, et n'hésitaient pas à demander et à
suivre ses conseils. Il ne voulut ni rechercher, ni
éviter les relations nouvelles, car il aimait la conversation sans aimer le monde. Il ne se lia d'amitié qu'avec
M. Edgard Quinet, avec M. O. Camille Bérenger, de
la Vienne, qui est resté, jusqu'au dernier jour, l'un
de ses meilleurs amis, et avec moi ; avec M. Edgard
Quinet, dont le grand esprit et le noble cœur l'atti-
raient comme par une force naturelle ; avec moi,
parce que nous étions tous les deux préoccupés de
l'éducation populaire, et que nous apportions dans
l'étude de cette question capitale la même ardeur, les
mêmes idées, les mêmes espérances. Il pensait que la
première de toutes les réformes est la réforme des
mœurs, parce qu'il faut des républicains pour faire
une république, des hommes pour faire un peuple.
Saint-Quentin lui devait la prospérité de ses écoles ; il
y était depuis plusieurs années, pour les adultes
comme pour les enfants, pour les gens du monde
comme pour les ouvriers, une sorte de professeur public, sans affectation et sans pédantisme, quelque chose

comme un philosophe à la manière de Socrate, enseignant la vertu et la liberté par ses exemples et sa conversation, sans se douter lui-même du bien qu'il faisait et du rôle qu'il remplissait. Il fallut triompher de lui pour le faire député, et ce fut le seul effort que coûta son élection. A la Chambre, nous ne pûmes jamais lui persuader qu'il était éloquent, ce dont personne ne doutait, excepté lui. Quand il se laissait aller à parler dans un bureau, il avait une certaine phrase d'or, comme disait Vivien, bien française, bien frappée, élégante en dépit d'elle-même, ferme dans l'occasion, tendre dès que le sentiment le gagnait, simple, sensée, aimable comme lui. Il aurait été de toutes les commissions s'il y avait consenti ; mais il laissait les honneurs à ceux qui voulaient les prendre : sa grande joie était de faire le bien sans qu'il y parût. Les derniers actes de la Constituante le désolèrent ; l'élection du Président acheva de le dégoûter de la vie publique ; il refusa de se mettre sur les rangs pour la Législative, et se retira à Saint-Quentin, entre Félix et Auguste, ses deux frères, des frères dignes de lui, et plus que des frères, car il n'y eut jamais amitié si tendre et si complète, identité plus absolue de sentiments et de pensées. Cet homme né pour aimer, et qui nous aima jusque dans les angoisses de la mort, ne s'était pas créé une famille : celle de ses frères lui suffisait ; il était le père de leurs enfants, l'ami, le précepteur, le conseiller de tout le monde ; toujours prêt à qui avait besoin de son intelligence, de sa sympathie ou de sa bourse, à la fois petite et inépuisable. Retiré là comme un sage, il ne se désintéressa jamais des affaires publiques ; au contraire, il était mêlé à tout, juge sévère

et impitoyable d'une politique contraire à tous ses
principes, fidèle pourtant à ses espérances, qui étaient
pour lui une religion. Devenu le chef et le guide
naturel de tous ceux qui, dans sa ville natale, étaient
restés fidèles à la cause, il entretenait une correspon-
dance suivie avec plusieurs amis politiques, qui avaient
recours, dans les questions difficiles, à son excellent
jugement; M. Edgard Quinet lui-même se vantait de
le consulter. La maladie qui a fini par le tuer a duré
près de dix ans; il vivait par un miracle : il fallut pour
l'abattre une de ces grandes douleurs morales qui ne
laissent pas entier, après leur passage, l'homme le
plus robuste. La perte cruelle de sa nièce, qu'il avait
élevée, et qu'il aimait comme le plus tendre des pères,
le trouva agonisant et l'acheva. C'est quand il fallut le
conduire au cimetière qu'on vit bien ce qu'il avait été;
toutes les familles de Saint-Quentin croyaient avoir
perdu un des leurs. La ville entière était là; Malézieux
le dépeignit dans quelques paroles émues; Souplet,
déjà touché par la mort, Henri Martin, ce noble
cœur, où Théophile Dufour tenait une si grande place,
ne purent pas même essayer de parler. Je voulus le
faire, à travers mes pleurs. Je ne pus dire qu'un seul
mot, c'est que je laissais une partie de ma vie dans
cette tombe. — Et c'est ce que je répète encore pour
moi et pour ses frères, en tête de ce livre, où nous
avons recueilli, parmi les pages qu'il a laissées, celles
qui, dès aujourd'hui peuvent paraître.....

JULES SIMON.

POUR MES FRÈRES [1]

Mes chers amis, recueillez, sans trop de tristesse, ces quelques *fleurs* de mon automne, et gardez-les en mémoire de moi ; ne sont-elles pas écloses sous vos yeux, à votre souffle, pour ainsi dire ? Bien heureuses alors !

Quelles qu'elles soient, je le sais, ces pages vous plairont, car c'est votre cœur qui les lira. Pour lui, pour le cœur, que de parfums quelquefois et de doux souvenirs, sous le pli d'une feuille même à demi-séchée !

La Fontaine l'avait bien dit :

> Un songe, un rien, tout lui fait peur,
> Quand il s'agit de ce qu'il aime.

Th. DUFOUR.

---

1. Cette dédicace se trouve en tête des manuscrits politiques ou philosophiques, que M. Théophile Dufour a légués à ses deux frères.

SIMPLES PAGES

ET

PENSÉES DIVERSES

SIMPLES PAGES

ET

PENSÉES DIVERSES

MA CHAMBRE

Cette simple chambre que j'habite aujourd'hui, à soixante ans bientôt, je l'habitais étant enfant. Bien peu de gens ont ce bonheur. Je m'en souviens : ici, près de la fenêtre, était placé mon lit, — à côté, le lit de mes frères ; une flèche, à pomme dorée, soutenait les petits rideaux ; quelques jolies chaises de bois peint, à colonnes cannelées, — une commode en marqueterie, comme il s'en voyait beaucoup encore à cette époque, composaient à peu près tout l'ameublement. Que d'émotions, que d'épanchements, que de vives et fraîches espérances dans cet étroit espace ! Le soir, avant de s'endormir, des adieux qui ne finissaient pas ! Il

semble vraiment que rien ne soit changé : j'entends mon père qui m'appelle, — je vois mes
sœurs qui passent dans la cour, — et cette femme,
jeune encore, qu'un enfant conduit par la main?
c'est ma mère : ah! place pour elle; écartons-
nous avec respect; cette femme, elle est aveugle,
— cette sainte, je puis le dire, elle est morte pour
nous. Retrouver ainsi, à mon âge, sur les confins
de la vieillesse, ce pieux asile du foyer domestique et ces touchants souvenirs, quelle fortune
pour le cœur, quelle joie et quelle tristesse à la
fois!

De cette croisée où je m'appuie, l'œil embrasse
un charmant horizon : au-dessous de moi des
jardins épars, des maisons, des toits qui fument,
un bout de rue détournée que traverse, de temps
en temps, le paisible habitant du quartier; — par
moments, quelque charrette qui passe au trot
pressé de son cheval, — un fouet qui claque, —
une cloche d'atelier qui sonne, — des voix, des
cris d'enfants, mille bruits confus, que le vent
roule et dissipe à travers les airs. En face, et de
l'autre côté de la ville, sur un monticule isolé, les
granges d'une vieille ferme, avec sa verte enceinte

et son blanc pigeonnier ; plus loin, la pleine campagne : des champs de colza en fleurs, quelques
bouquets d'arbres, un moulin tournant sur sa
butte ; — à droite, la route animée d'un village,
dont le clocher se montre et pointe à l'horizon.
Tout plaît dans ce riant tableau. Il est pourtant,
en secret, un coin que je préfère : c'est, vers le
sud, ce calme et doux lointain, dont la ligne bleue
se découpe entre deux collines, et prolonge, à perte
de vue, le fond brumeux de la vallée, — lieu de
retraite et de prédilection, où mes rêves, mes
souvenirs, mes habitudes, mes goûts me ramènent
sans cesse. Ailleurs, ma pensée joue et s'évapore ;
ici, je sens qu'elle s'arrête et qu'elle dresse sa
tente : si je suis gai, ma gaîté se tempère et tourne
à l'attendrissement, — si je suis triste, mon chagrin s'éclaire et s'affaiblit ; il me vient de là d'ex-
quises jouissances dans leur simplicité et d'inépui-
sables consolations ; souvent, j'y refais ma jeunesse
et ce bonheur, *qui est toujours passé ;* mes premières amitiés y revivent et s'y rassemblent à ma
voix : « Ombres chéries, reposez-vous sur ces
gazons, et reprenons, loin du monde et du bruit,
nos entretiens d'un autre temps. » Que de fois la

patrie m'y apparait, non plus asservie, flétrie, dé-
couragée, mais épurée, sanctifiée par ses épreuves,
et le front rayonnant de confiance et de liberté.

A quoi bon ces rêves et toutes ces folies? dira-
t-on. Pourquoi cet amour enfantin des *vagues*
perspectives et des *bleus* horizons? — Pourquoi?
Je l'ignore. Demandez à Dieu : c'est lui qui met
au fond des cœurs ces instincts mystérieux.
L'homme est plein d'immortalité; il cherche l'infini partout : jeune, il étend devant lui l'immense
paysage de ses espérances, — vieux, celui de
ses regrets et de ses souvenirs; sa vie s'écoule
entre deux lointains; on dirait qu'il n'est heureux
qu'à distance, et qu'il perd le bonheur dès qu'il le
touche.

Ce qui fait le bonheur des affections domestiques, c'est *la sécurité :* on sent que rien ne peut
les détruire ; on ne pense même pas qu'elles
puissent être détruites. Voyez ces deux berceaux
qui se touchent : c'est là qu'elles ont commencé,
— avant nous, pour ainsi dire, et dans les bras de
Dieu. Source respectable et sainte, que rien d'humain ne doit altérer désormais. Ces passions, ces
emportements, ces injustices même, qui brisent
tout à coup, dans le monde, les amitiés les mieux
établies, les effleurent à peine dans la famille :
tu peux, si tu le veux, ô mon vieux compagnon
d'enfance, me chasser de chez toi, — demain, tu
le sais bien, je reviendrai, — non pour pardon-
ner, — qu'est-il besoin de pardon entre frères

2

mais pour reprendre ma place et continuer à aimer. Que le cœur est grand, quand il en est là !
Pas de vice qu'il n'étouffe, pas de vertu qu'il ne
féconde, pas de sacrifice ou de peine dont il ne
fasse un plaisir.

UN PÈRE

Quels que soient l'âge et le génie d'un homme,
il est toujours comme un enfant devant son père.
L'âge et le génie même ne font qu'ajouter au respect naturel la sanction de la reconnaissance et de
la raison : plus l'homme s'élève dans l'ordre vrai
de l'intelligence, plus il s'élève dans l'ordre du
sentiment, — plus il est grand dans le monde,
plus il est vraiment humble et petit dans la famille;
toute la force, au foyer, se tourne en tendresse,
et la tendresse en dévouement. Quelle est la plus
haute science? Celle qui fait aimer le plus.

Cette subordination volontaire, cette timidité,
cette infériorité du fils vis-à-vis du père, d'où
viennent-elles donc? L'habitude et les souvenirs
ne suffisent point à les expliquer; il y a là quel-

que chose d'inné, quelque instinct mystérieux et divin qui nous échappe. Un père ne nous voit pas comme un étranger nous voit, au dehors et à la surface, — il nous voit *en dedans;* il nous pénètre et nous scrute jusqu'au fond des os; — il vit en nous, pour ainsi dire, et nous est une autre conscience : qu'on soit vain, ambitieux, méchant, débauché devant les hommes, — je le comprends, — mais on ne peut être que bon et pur devant son père, — et la vertu seule est assez forte pour garder sa place à côté de ce juge intime. Ce grand patronage et cette autorité disparus, il semble que la vie soit dédoublée et comme à jour; appuyé au berceau, l'homme se sentait plein de sécurité, ardent et jeune même, quel que fût son âge; la mort d'un père lui révèle toutes ses misères, elle l'isole et le vieillit d'un seul coup. Pauvre oiseau, ce nid brisé, que le temps emporte, c'est celui qui t'a vu naître; tes plus douces émotions, tes plus chers souvenirs, tes plus fraîches espérances étaient là; c'est là que, pour la première fois, tes yeux ont vu le ciel et mesuré l'étendue : va maintenant, cherche, travaille, ingénie-toi, bâtis un nouveau nid, — ce nid, quoi que tu fasses, ne vaudra jamais le premier ; tes meilleurs jours sont passés ; si heureux, désormais, que tu puisses être, une amertume secrète et comme un reproche se mêlent à toutes tes joies ; tu souris encore, mais tu ne ris plus ; — dans le fond de ton cœur, il s'est fait un vide que rien ne peut remplir, — et quand tu crois vivre, tu ne fais guère qu'achever la vie.

L'ENFANT

L'enfant n'est pas donné à l'homme en vue de l'*espèce* seulement, — pour le suivre et le remplacer sur sa route ; —. il lui est donné aussi pour soutenir, enchanter, réparer sans cesse et rajeunir sa vie. Seul, aux confins de sa carrière, l'homme se sent pris d'une invincible langueur, il se détache de tout avec tristesse ; ses goûts, ses plaisirs, ses facultés, ses affections s'abattent à ses pieds comme des feuilles desséchées ou flétries ; devant lui, s'il regarde, il ne voit qu'une tombe : l'enfant le tourne vers un berceau, il lui cache l'abîme ou le couvre de fleurs ; le vieux tronc reverdit sous ce frais et tendre rejeton ; l'étoile se couche et disparaît, mais dans les vives clartés du jour nouveau qui se lève. Non, le père ne vieillit pas ; il meurt,

mais en pleine vie, pour ainsi dire ; il s'éteint,
mais plein d'espérances ; il rêve, il fait des projets,
il aime, il souffre, il renaît dans l'enfant. — Dis-
moi, vieillard, — quel est ton âge ?... « Celui de
mon fils. »

AMITIÉ

L'habitude, qui amortit les passions, vivifie les attachements. L'inconnu, le nouveau, par conséquent, voilà l'objet et l'aliment de la passion; la passion vit plutôt de ce qu'elle ignore que de ce qu'elle sait : l'attachement, au contraire, vit surtout de ce qu'il connaît, — et beaucoup d'amitiés ne sont guère que des habitudes. La passion se donne, mais l'attachement s'assimile, pour ainsi dire : la première est une expansion, un emportement, un délire, un oubli de soi-même; l'autre, un sentiment calme, réfléchi, et la jouissance intérieure de ce qu'on aime. On se lasse de l'amour; qui s'est jamais lassé de l'amitié? C'est que l'amour n'a qu'un âge et qu'une œuvre, — mais l'amitié est de toute la vie; elle prend l'homme

à son berceau et le suit jusqu'à sa tombe; elle
nous berce comme une mère, elle nous pleure
comme une fille, — elle grandit avec nous, elle
se forme de chacun de nos jours, de nos intérêts
et de nos idées, de nos peines, de nos plaisirs, de
nos espérances, de toutes nos affections; plus elle
vieillit et s'enfonce dans le passé, plus elle plaît
et attire, — comme ces lointains paysages qui
s'adoucissent et sourient en se perdant à l'horizon.
L'amour, en tant que passion, et dans son accep-
tion tout humaine, vient de la terre et y meurt;
l'amitié vient du ciel et y retourne; elle ne nous
charme pas seulement, elle nous éclaire, elle nous
guide, elle nous console; c'est plus qu'un plaisir,
et qu'un sentiment, c'est une loi; plus qu'une
compagne, c'est une Providence.

ALGER

Mars 1846.

On meurt moins en certains lieux qu'en d'autres, parce qu'on y aime et s'y souvient davantage : les affections se retrouvent et se groupent
au-delà de la vie, comme dans la vie; la même
famille n'a qu'un sépulcre, comme elle n'avait
qu'un seul toit; la Mort, pour ainsi dire, *possède*
son cercueil; on se range, on prend sa place, selon son cœur encore et ses habitudes; nouveau
berceau au sein de Dieu! Toutes les tombes com-
muniquent, et toutes les douleurs; un regret en
rappelle un autre; — un ami, qui passe, lit ce
nom qu'il allait oublier, s'arrête et s'attendrit.
N'est-ce pas tout ce qu'il faut? L'homme s'assure

ainsi une immortalité de vingt ans, — la seule,
hélas! qui lui appartienne en ce monde!

Mais là, sur ce sol étranger, que tant d'intérêts
fouillent et remuent sans cesse, on se presse, on
se heurte, on se déplace, — au cimetière comme
dans la rue : quel est ce nom, écrit d'hier? je ne
sais; et cette fosse qu'on vient d'ouvrir? que
m'importe! et cet infortuné qu'on y descend? je
l'ignore. Nul lien, nul secret, nulle solidarité entre
ces tombes; l'homme y meurt *tout à fait* et dans
sa solitude; toutes ces victimes, inconnues l'une
à l'autre, ne consomment même point ensemble
leur éternité.

« A quoi bon ces soucis, dira-t-on, et toutes ces
vanités de néant? Mourir ici ou là, n'est-ce pas
toujours mourir? Le souvenir même, à cette
heure fatale, qu'est-il en définitive? » Rien, sans
doute, qu'un frêle et misérable appui, — rien
qu'un câble de détresse, jeté d'un monde à l'autre,
— et qui suffit pourtant. L'âme a besoin de peu ;
ce qu'elle craint, c'est plutôt l'oubli que la mort ;
ce qu'elle veut, c'est moins une autre vie, peut-
être, que la perpétuité et l'idéalisation de celle-ci ;
pour elle, qu'est-ce que l'immortalité, sinon un

immortel souvenir? *Miseris succurre defunctis*,
disaient tristement les anciens : ah! oui, faisons
l'aumône à ceux qui ne sont plus! L'homme n'a
de grandeur presque et de désintéressement que
dans le passé ; le présent le matérialise et l'hé-
bète ; que vous donnera cet avenir, où vous courez, que vous ne connaissiez déjà? quelles délices
dont vous n'ayez joui? quelles tendresses de demain surpasseront celles d'hier? — Pourquoi ces
affections nouvelles, inconnues, hasardeuses? Que
d'autres, derrière vous, qui vous implorent!
Celles-ci, du moins, sont restées fidèles. Triste et
touchant concert des amitiés passées, heureux qui
vous recherche et sait vous entendre! Pour l'âme
aimante, à tout âge, vivre n'est-ce pas *revivre* et
regretter?

L'ENFANT

Ce que j'admire dans l'enfant, c'est *qu'il n'a pas de bornes;* l'enfant est infini, pour ainsi dire, et touche à Dieu par le sentiment. Le merveilleux poëte que ce nourrisson d'hier! Tout est nouveau, charmant, ineffable, inépuisable pour lui; un rien l'enchante et le passionne, — il s'amuse, des heures entières, de quelques grains de sable; un brin d'herbe lui paraît un monde; cette fleur, qu'il vient de cueillir, il ne la voit pas de ses yeux, comme nous, — il la voit de son cœur, il lui parle, il l'aime, il l'épouse, il va lui devoir mille rêves délicieux; l'enfant se fait des richesses de tout ce qu'il touche et de la nature entière. Que l'homme est pauvre à côté de lui! triste anatomiste, il dissèque et analyse tout, ses plaisirs, ses amitiés, sa

vie ; que fait-il de l'espérance? Quelque chose
comme un calcul. Il sait que ses plaisirs passent,
que sa vie n'a qu'un temps ; cette fleur, qu'il cueille
aussi, n'a rien à lui apprendre, — il la connaît
dans ses secrets les plus intimes ; pour l'homme, la
fleur ne dure qu'un moment, — pour l'enfant,
elle dure toujours ; nous mettons un terme et le
néant en toutes choses, — il met la vie partout, et
l'éternité dans une heure.

A quarante ans, vous êtes libre, enfin, — l'idée
vous vient de changer de place et de voyager ;
vous voilà sur la plage, — la mer est devant vous:
« où va-t-on de ce côté? » en Angleterre; — « et
par-là? » — c'est la route de l'Amérique. « Quelle
immense et magnifique étendue! » — Oui, —
mais, dites-moi, une goutte de rosée, quand vous
aviez quatre ans, n'était-elle pas plus vaste et
plus magnifique encore? Il y a de ces dia-
mants du jeune âge et de ces souvenirs, dont le
feu ne s'éteint jamais; plus tard, l'homme voit
d'admirables choses, — et, cependant, il a beau
voir et courir le monde, rien ne lui paraît plus
frais que lui-même et que sa vie, à son aurore; il
oublie la Suisse, les Pyrénées, les Alpes, l'Italie ;

mais cette *Suisse* de son enfance, ce premier
paysage qui l'a frappé, il ne l'oubliera pas, quoi
qu'il arrive. Le retrouve-t-il dans son âge mûr?
il s'étonne, il doute : « n'est-ce que cela? » s'é-
crie-t-il. — Insensé! ce n'est pas l'enfant, ici, qui
se trompe, c'est l'homme : l'enfant était jeune, —
et tu es vieux; l'enfant avait du cœur, de l'imagination, de l'enthousiasme, — et tu n'en as plus.
L'homme est bien misérable : il borne, il fane, il
rapetisse tout; ce Salomon déchu n'a guère qu'un
sentiment, qu'une faculté, pour ainsi dire, celle du
néant; *vanité des vanités*, dit-il avec dédain. Voilà
bien notre orgueil! on croit être sage, quand on
n'est qu'usé, — et ce qu'on prend pour la raison
n'est, tout au plus, qu'une impuissance ou qu'un
défaut d'appétit.

> C'est le naufrage et la douleur,
> qui, tous les jours, sauvent le monde
> et lui marquent sa route.

C'est une grande loi préservatrice que celle de
la douleur ; — face horrible pourtant, dont l'esprit effrayé se détourne : comment fuir? en nous,
hors de nous, à tout âge, à toute heure, la douleur
nous menace et nous presse. Mais, disons-le, —
elle nous sauve : ôtez-la, la vie perd son goût, et
ne se sent plus ; plus de règle, plus de garantie,
plus de plaisir même ; tout échappe.

La douleur occupe les deux bouts du temps, et
le temps même ; elle nous précède et nous survit,
pour ainsi dire : sur un seuil elle nous reçoit des
mains de Dieu ; et nous rend à lui sur l'autre ; *nous*

sommes en elle, nous vivons en elle, — l'homme en
est fait, c'est son limon. Au fond de ses joies les
plus vives, il la rencontre; elle jaillit de ses intérêts, de sa science, de ses richesses, de ses affections, de ses moindres mouvements; — pour peu
qu'on creuse, on la trouve, à fleur de la vie,
comme on trouve l'eau, à fleur de terre; dans nos
souvenirs, dans nos espérances, dans nos plus
doux paysages, il y a toujours un coin pour elle;
qui ne s'est dit mille fois tristement, comme Poussin : *Et moi aussi, je vécus en Arcadie !*

L'homme se connaît à peine qu'il a déjà des
regrets; il aime à pleurer sans savoir pourquoi;
il trouve même à souffrir un certain charme : *ou*
souffrir ou mourir, s'écriait sainte Thérèse, —
comme si souffrir, c'était aimer. Jeunes encore,
nous sentons en nous je ne sais quoi d'amer, qui
s'écoule et nous échappe, c'est la vie; demain !
voilà notre grand mot, comme si nous n'existions
pas aujourd'hui; — en effet, l'homme a été, —
il sera peut-être, — il n'est pas, pour ainsi dire,
— le temps le traverse; il vit, il bâtit en l'air; il
suspend sa toile au passé et à l'avenir, au-dessus
du vide. Pour peu que l'homme bouge, il se plaint;

3

il emporte toujours quelque tristesse avec lui, et comme disait Danton, *à la semelle de ses souliers;* pour le voyageur, c'est là le gros du bagage : dans quelque lieu si désiré qu'il aille, quelques plaisirs qui l'attendent, il ne part point sans soupirer; à chaque horizon, sur sa route, il se retourne, et dit : *adieu (ourouler),* comme dit le Turc, à tout ce qu'il perd de vue. Cette âme si roide et si sûre d'elle, s'amollit et se courbe au moindre obstacle; une fleur, une odeur, une fumée lointaine, la forme inattendue d'un nuage, le son d'une cloche, l'aspect d'un nid ou d'un berceau, l'attendrissent ou le font rêver; pourquoi suit-il, d'un œil inquiet, cette eau qui s'écoule, ce piéton qui passe, ces feuilles que le vent disperse? c'est que tout cela, c'est lui-même; il sent, il souffre en toutes choses; n'aura-t-il pas aussi son automne, et son vent du soir, — et sa fin prochaine, — et l'oubli, par dessus tout?

Le bonheur, à la longue, rend stupide; le premier athée devait être un heureux. Dans la douleur, au contraire, l'âme s'exalte et se trempe; ce sont là ses sources : nos plus grands moralistes, nos plus fiers accents, nous viennent d'elle et de l'*Enfer;* Dante, Milton, Jean-Jacques en relèvent. Par la douleur, l'homme touche à l'infini, à Dieu même; c'est à son école qu'il s'instruit et s'éprouve : *celui qui n'a pas souffert, que sait-il?* dit le prophète. La douleur domine le berceau des peuples et tous les âges; toutes les littératures, toutes les religions, toutes les philosophies, en sont pleines : leur plus haut symbole, c'est un Dieu crucifié, c'est la Douleur Dieu.

L'homme ne vit pas pour souffrir, sans doute; mais il doit savoir souffrir, pour savoir vivre, — quand l'art de vivre, même ne serait que l'art étroit et sensuel de ne point souffrir. De toutes ces voiles, qui sortent gaiement du port, comme on sort du berceau, en est-il deux seulement dont la traversée se ressemble? Chacune a pris, d'elle-même, son vent et sa bordée; voyez, — quelles distances déjà les séparent! laquelle préférer entre toutes? la plus habile, — dites-vous : et qu'est-ce que l'habileté, — sinon l'expérience et le sentiment du péril? Le malheur a ses balises et se *reconnaît* comme l'écueil, — la vie, ses vents alisés, comme la mer, — mais il faut apprendre où ils soufflent, et savoir au moins s'en servir.

La prospérité, de sa nature, est ignorante et personnelle ; c'est le naufrage et la douleur, qui tous les jours sauvent le monde et lui marquent sa route; *those, who suffer bravely, save mankind,* disent admirablement les Anglais.

L'ENFANT. — LE POËTE

J'ai vu quelquefois dans les champs le jeune enfant auprès du laboureur, — fraîche fleur à côté d'un blé mûr : l'enfant suit à petits pas le pénible sillon; il s'arrête un moment, il cueille une herbe, il jette, comme l'oiseau, quelques notes en l'air, — gai ramage du cœur, — et reprend sa marche au plus vite; — le père, courbé sur sa charrue, se retourne de temps en temps pour s'assurer que l'enfant est là; il l'appelle, il le regarde avec tendresse, et lui sourit dès qu'il approche. « A quoi bon, me disais-je, tout ce badinage? l'enfant n'est qu'un embarras ou qu'une distraction pour le travailleur. » Ignorant que j'étais! c'est une force secrète, au contraire, un courage, un espoir, un renouvellement continu : au fond de ce sol qu'il

creuse, le laboureur voit bien plus qu'un grain
prêt à germer, il voit cet enfant ; c'est là son vivant épi, sa riche et riante moisson. Oh! que d'é-
changes touchants et de doux mystères entre ces
deux êtres ! ce front trempé de sueur, l'enfant
l'essuie, — ces bras fatigués, il les délasse, —
cette âme appesantie, il la réveille, il la console,
il la remplit de parfuns et d'amour ; tandis que
l'homme ouvre un sillon sur la terre, l'enfant, à
son insu, en ouvre un dans les cieux ; il y a d'infinies perspectives et toute une éternité dans l'enfant ; messager divin, arrivé d'hier, il nous révèle
l'avenir et la vie même, pour ainsi dire ; avec lui,
le cœur est jeune et refleurit sans cesse.

Cette œuvre sainte de l'enfant, dans l'homme et
dans la famille, est celle du poëte dans la société :
le poëte c'est un enfant sublime ; il a, comme
l'enfant, la jeunesse, la foi, la grâce, la force
qui vient du cœur, un amour immense et qui dé-
borde ; il lui faut, comme à l'enfant, la nature et
le grand air de la liberté. L'homme ne chante pas
dans la servitude ; il n'y chante, du moins, qu'en
battant de l'aile son odieuse prison et qu'en rêvant
l'indépendance et le ciel, son unique patrie. La

poésie est une délivrance : toute nation n'est ly-
rique, qu'à la condition d'être jeune ou régénérée,
— c'est-à-dire libre; l'hymne le plus magnifique
de l'antiquité est un cri de triomphe et d'affran-
chissement : c'est l'hymne des Hébreux aux bords
de la mer Rouge, — de l'autre côté, pour ainsi
dire, de la servitude. Quand un peuple est esclave,
il brise sa harpe, ou la suspend aux saules du ri-
vage; il s'écrie, comme l'Israélite : *Est-ce que l'on
peut chanter sur une terre étrangère?* Moïse, Homère, Dante, Milton, que sont-ils autre chose que
l'âme et la voix de la liberté? chantres divins,
envoyés de Dieu aussi, pour accompagner et char-
mer les peuples dans le rude sillon qu'ils tracent
à travers les siècles.

Du haut d'un wagon qui part, regardez la campagne : *près de vous,* un inexprimable chaos, — des champs, des bois, des eaux, des maisons, qui se heurtent, se croisent et se confondent, — le sol qui tourbillonne et s'abîme. Levez les yeux : *au loin,* tout se rassied et se calme, — les objets, peu à peu, se dessinent et reprennent leur forme; voici le moulin du village, — là, c'est un berger qui passe avec ses chiens et son troupeau, — ici, des moissonneurs fatigués dorment au bord d'un champ ; au-delà, parmi ce blé mis en gerbes, des troupes de glaneuses, femmes, filles, enfants, ramassent gaiment leurs épis, et dans le fond, pour cadre à ce mouvant tableau, quelque immobile et riant paysage, où règnent le silence et la paix.

Cette image, n'est-ce pas la vie? Autour de nous, sous nos pas, quel bruit! quelle agitation! tout bouillonne et nous échappe; point de repos! *il faut marcher*, comme dit Bossuet, — il faut courir, il faut s'épuiser chaque jour; que d'intérêts à débattre! que d'ambitions qui nous emportent! où s'arrêter? où prendre pied? la vie n'a de figure précise qu'à distance et dans l'éloignement; de près, on la voit mal; l'homme ne la goûte réellement que dans le passé ou dans l'avenir, — par le souvenir ou par l'espérance, — quand elle n'est pas encore, ou quand elle n'est plus.

Quand l'homme a perdu ses attachements les plus chers et jusqu'au goût de la vie même, il semble que la nature, dans sa prévoyance, lui réserve une vie nouvelle, toute de tendresse et de sacrifice, et qu'il soit vraiment prêt et mûr alors *pour la charité.* Plus la vie lui est à charge, plus il aime à se dévouer, à se dépouiller, à s'oublier et se perdre dans l'amour des autres ; le malheur devient ainsi pour lui la source des plus grandes vertus, — et le désespoir, la cause souvent du plus noble héroïsme. Touchante et mystérieuse loi du cœur, qui console de l'amour par l'amour, de l'homme par l'humanité, et nous rattache au bonheur par le renoncement même et le détachement de toutes choses. Que l'Égoïste heureux nie la cha-

rité, il le peut, — il n'en a que faire ; mais elle
s'échappe, à flots, de l'âme de celui qui souffre, et
ravive tout autour de lui. L'âme est comme un vase
clos, qui ne donne tous ses parfums que lorsqu'il
est brisé.

Je vois de mes fenêtres, quand il fait beau, une
petite maison, isolée au milieu des champs, qui
plairait aux plus difficiles : assise à mi-côte, loin
de la route et loin du bruit, sur la lisière d'un bois
qui l'encadre et la domine, ni trop large ni trop
étroite, juste assez grande pour contenir un sage,
s'il en est, — elle se détache et s'ouvre sur sa
verte colline, comme une marguerite sur le gazon.
Quand le soleil, en se levant, la frappe de ses vives
lueurs, que, fraîche et blanche, elle se dégage des
légères brumes du matin, que la fumée sort de son
toit d'ardoises, et monte lentement à travers les
arbres, on regarde, on sourit, on rêve involon-
tairement : cette solitude et ce mystère qui l'entourent, ces vapeurs transparentes qui l'adou-

çissent aux yeux, cet oubli du monde et cette paix qu'on y croit respirer, tout charme et tout émeut. Le bonheur est sous cet humble abri, se dit-on.

Hélas! il n'y est pas plus qu'ailleurs. Allez, franchissez la distance, ouvrez la porte de cette maison, observez, questionnez l'homme ignorant qui l'habite : il a, comme nous, ses ennuis et ses préventions, l'opposé seulement des nôtres, vivre à la ville, tel est son bonheur à lui, son tourment et son idéal! « On n'est heureux que là, » vous dit-il dans sa foi naïve. Cette haie qu'il a plantée de ses mains, ce petit jardin que, depuis vingt ans, il arrose de sueurs, ce berceau, ce nid qu'ont égayé ses enfants, mille souvenirs semés, comme ses graines, autour de lui, il les vendra s'il peut, pour peu qu'il en trouve une offre. Voilà bien nos contradictions et nos sottes misères : on voit quelque chose qui brille au loin, dans l'avenir comme dans les champs, vite, on y court; que trouve-t-on la plupart du temps? des désappointements et des mécomptes. Cette félicité parfaite, dont chacun porte en soi l'ineffaçable image et le sentiment, nous la cherchons partout hors de nous, à la ville, à la campagne, au bout du monde; où donc est-elle? à deux pas, insensé! en toi-même et dans ta raison. C'est là son terrain par excellence : c'est là, — sur cette *colline* ignorée, qu'il faut bâtir une *simple maison* pour s'y retirer, au besoin, dans le silence et la solitude. Oh! que la vue est belle de là, pour qui sait en jouir, et que ses horizons sont immenses; l'œil y perce et s'y étend jusqu'à Dieu.

« Ennuyeux sermoneur, dit tout bas quelqu'un, que m'importe ta froide sagesse! j'ai mieux que cela. — Quoi donc? — Ma jeunesse et mes espérances. — Et vous, vieillard? — Moi, le temps et les forces me manquent, il ne me reste que des regrets. » Ainsi, espérer ce que peut-être il n'aura pas, ou regretter ce qu'il n'a plus, voilà l'homme et voilà la vie : entre deux excès, on peut le dire, — entre une illusion et une impuissance.

La vieillesse, dans son isolement, a cela de consolant et de bon, qu'elle ravive les souvenirs et nous fait une vie nouvelle, une vie douce et choisie, de la vie passée. Le sol où nous sommes est aride et n'a pas de fleurs, mais l'imagination le pare de toutes celles que nous avons aimées et cueillies sur la route, — restes chéris d'un voyage et d'un temps qui ne recommenceront plus. Que d'espérances trompées! que de bonheur gaspillé! que d'amitiés négligées ou perdues! « Ah! si c'était à refaire! » se dit-on. On marche, on s'arrête, on regrette à chaque pas, on reprend vingt fois la même trace; la vie, de si loin, ressemble à ces roses d'automne, pâles et demi-fanées, qui remplissent le cœur de rêves et de mélancolie; les

chagrins même, à cette distance et dans le souvenir, ont un parfum de tristesse qui leur est propre.
Ainsi sommes-nous faits : à mesure qu'on s'élève
dans ce rude chemin de l'âge et qu'on vieillit,
l'œil s'étend, derrière nous, davantage et embrasse
un plus vaste horizon ; il semble que les lointains
s'ajoutent aux lointains ; on finit par découvrir les
premiers et riants sommets de l'enfance et le point
d'où l'on est parti — le berceau distrait de la
tombe et la voile à nos yeux. C'est là le charme
des derniers jours.

DE NOS BESOINS D'AVENIR

Quelle que soit l'apparente fixité de sa condition, la pesanteur et la tenacité de ses intérêts,
l'homme est toujours nomade et vit sous la tente :
au moindre choc, il plie bagage, et se jette à travers champ devant lui. *Nous ne sommes jamais
chez nous,* écrivait Montaigne, *nous sommes toujours au delà : la crainte, le désir, l'espérance,
nous élancent vers l'avenir*.

Où s'arrêter en effet? où jeter l'ancre? Comment oser dire : c'est là que je m'assoirai tran-
quillement demain? Cette maison qui vous a vu
naître, un autre bientôt l'achètera; cet enclos que
vous aimiez tant, un étranger le bouleverse; ces
lieux où vous fûtes heureux, vous y passez sans
émotion; quel arbre avez-vous planté, qui vous

4

ait donné son ombre, — et cette ombre dont vous jouissez, à quelles mains inconnues la devez-vous?

～～～～

L'homme ne vit pas dans sa vie, il s'y débat, — le courant l'entraîne : les champs, les bois, tant de fraîches prairies qui l'invitent, les tendres amitiés qui l'appellent, il les entrevoit entre deux flots et les perd à tout jamais.

La vie bat ses rives et les balaye comme un torrent ; quelques fleurs, nées d'hier, paraient humblement ses bords, — elle les arrache et les roule dans son écume. Que veut-elle ? où va-t-elle ? pourquoi ce bruit, ces ravages, ces irrésistibles emportements ? Vieilles questions que celles-là, et toutes neuves encore ! Quoi ! rien qui demeure ? Le souvenir même échappe et s'anéantit ; les chagrins s'effacent aussi vite que les plaisirs, — on croit la douleur éternelle, — une autre dès demain lui succède, — et les peines se sont chargées de guérir des peines. Nos intérêts, nos idées, nos besoins, nos sensations se transforment à chaque instant,

les attachements les plus profonds sont énervés ou
rompus ; il nous suffit de faire un pas et de changer de place, pour changer aussitôt de tout : les
traits, la voix s'altèrent, les goûts se modifient, —
le cœur même subit, quoi qu'il fasse, l'inexorable
loi du temps : nous avons des amitiés encore,
mais ce ne sont plus les mêmes : sous cette affec-
·tion qui grandit, n'en voyez-vous pas une autre
qui lève? « Celle-ci nous survivra, » dites-vous.
Elle nous fait défaut la première.

Humanité, c'est donc là ton lot? ce front d'ai-
rain, que rien n'étonne, — cette ambition, qui ne
connaît point de limites, — cette intelligence superbe, qui perce audacieusement jusqu'à Dieu,
qui sent en elle je ne sais quoi d'héroïque et d'impérissable, demandez-lui seulement de refaire aujourd'hui ce qu'elle a fait hier, tout lui manque,
— le temps, le lieu, la volonté, les moyens, la
matière.

Goûtons la vie et digérons-la, s'il se peut, —
mais que ce soit debout et sur pied : la sensualité

n'est qu'un égoïsme; on doit vivre comme on
combat, face à l'ennemi, prêt à tomber au premier coup, — plus que cela, prêt à voir tomber,
sous le feu, tant d'innocentes victimes qui nous
implorent; ces noms si doux, retenez-les, nul ne
les prononcera maintenant; ces traits vénérés,
vous ne les verrez plus; ces voix chéries, qui les
entendra désormais? Non, la philosophie, si forte
qu'elle soit, la religion même ne suffisent point à
tant de misères; il faut que l'homme soit arraché
violemment à lui-même, à sa vie, à sa mémoire, et
qu'il soit précipité tout écumant dans l'avenir; il
faut qu'il ait, sans cesse, des obstacles à vaincre,
des sueurs à répandre, un monde à conquérir;
— il faut qu'il travaille, qu'il souffre, qu'il vieil-
lisse, qu'il oublie surtout, et qu'il meure un peu
chaque jour, pour qu'il lui soit possible de
vivre.

Nous ne sommes jamais chez nous! — et comment y être? ces murs, parfois, sont si sombres,
cette maison du cœur, si désolée : ah! laissez-moi
l'ouvrir aux nouvelles clartés qui se lèvent! que
l'espérance y rentre avec les fraîcheurs du matin,
— que la foi s'y réveille, au souffle de l'avenir,

cette aube de l'Éternité! L'avenir, pour qui souffre,
c'est la délivrance et l'oubli, et comme un ineffable
rajeunissement au sein de Dieu.

MODESTIE

Le premier signe de la sagesse, c'est la modestie. On pourrait ajouter que la modestie est toute la sagesse, — car en modérant l'homme en lui-même, elle lui apprend à se modérer en toutes choses. « Comment! me direz-vous : se surveiller, se corriger, s'améliorer sans cesse, — comprimer les moindres mouvements de la chair et du cœur, — être juste, humain, tolérant, courageux, désintéressé, avoir tous les mérites enfin, — et ne se croire, en rien, supérieur aux autres? » Sans doute, et c'est là précisément la sagesse. Oh! qu'elle coûte cher, n'est-ce pas, à nos passions et à notre amour-propre? Il est si commode, en effet, de tirer de nos qualités le même prix que de nos défauts, et d'être orgueilleux de sa vertu comme on l'est de sa fortune. Mais la sagesse et la vanité s'excluent : on peut être vain de sa science, de sa probité, de sa charité, sans cesser pour cela d'être probe, savant, charitable ; on ne peut être vain de sa sagesse, sans cesser aussitôt d'être sage. C'est là le grand côté de la vertu, son côté pénétrant, pour ainsi dire : elle offre un joug, mais elle le porte : — elle élève l'homme, mais sans l'enfler, — elle *règne*, mais elle ne *domine* pas.

DE NOS INSTINCTS D'IMMORTALITÉ

L'homme n'est pas de chair et d'os seulement ;
il a beau se rapetisser, — il a beau resserrer sa
vie dans un angle, entre deux chiffres, il y a en lui
quelque chose de plus fort que lui, et qui brise
toutes ses entraves, — c'est l'intelligence et l'a-
mour de sa loi, c'est cet impérissable sentiment
du vrai, du juste, de l'infini, de l'éternel. Otez cet
instinct divin, vous ôtez tout ; tout tombe et s'a-
néantit aussitôt, l'art, la science, le travail, les
affections, le bonheur même ; au fond de tout sur-
git cette pensée désespérante : *à quoi bon?* Qui
voudrait, pour cinquante ans de vie, à peine, et de
misères, mettre un pied devant l'autre et se sou-
cier du lendemain !

L'homme n'est ni ange ni bête, a dit Pascal, —

c'est-à-dire il n'est ni l'un ni l'autre absolument ;
ses deux natures se confondent et s'équilibrent :
il agit et il pense, — il vit sur la terre, mais son
véritable horizon est aux cieux, — il a de grossiers
appétits et de sublimes aspirations, — il est fait
pour le monde et fait pour la solitude. Dans le
monde, il est vrai, la vie est comme souterraine,
— bouchée et murée aux deux bouts, — l'homme
y va sans voir et comme s'il n'en devait jamais sor-
tir ; cette grande lumière de l'Éternité éclaire à
peine, — cette existence immortelle, dont il a
l'instinct, il la comprend mal, et y mêle quelque
chose de toutes ses infirmités et de sa condition
présente ; cette petite chambre qu'il habite, cette
maison qu'il n'a jamais quittée, ces meubles, ces
portraits, ces livres qu'il aime, tout y entre, —
sa fin, son but lui échappent ; la mort même n'est
plus la mort, c'est *une autre vie;* il s'y installe, il
y transporte ses sottes passions, ses vanités, toutes
ses folies. On l'a dit : il est bon que l'homme se
dépouille quelquefois de ses habitudes et de ses
attachements terrestres, — qu'il se regarde et
s'observe au-dessus de l'Éternité : c'est là qu'il
apprend à se connaître, et toutes choses en lui ;

c'est là qu'il fait bon marché de ses chagrins, ¢
toutes ses félicités d'un jour. Qu'il est doux d'en
tendre son cœur battre et de l'interroger dans
silence! La solitude, non comme nécessité, ma
comme recours, c'est le pardon, c'est l'espéranc€
c'est la charité, c'est la lumière; quel homm€
seul, peut haïr? Quel homme, seul, *oserait êt*
athée? Utiliser sa vie, pour l'attacher, — croir€
aimer surtout, pour échapper aux vagues terreu⟩
qui nous assiégent, telles sont, dans la solitud€
les vraies inspirations de Dieu.

L'homme a horreur de l'oubli, comme le pion
nier, *horreur de la forêt :* cette grande ombr
l'épouvante; l'oubli, pour lui, c'est déjà la mort
Aussi, quelle soif insatiable de bruit, de gloir€
d'immortalité! Qui ne cherche à *laisser quelqu*
chose après soi? Après soi! qu'est-ce que cela?
Et cet être que l'idée seule de l'oubli fait tressai⟩
lir, qui parle de Dieu et d'éternité, qui demand
aux attachements tant d'énergie, tant de duré
aux souvenirs, cet être, dira-t-on, s'oublie lui
même, et ne s'inquiète même pas, à moitié de s
triste carrière, des plus beaux jours de sa jeunesse.

Il y a plus d'avenir que de passé dans l'homme ; la loi des êtres, leur loi suprême, c'est une loi d'avenir, c'est celle du renouvellement et de la régénération : des espèces entières ne font que se reproduire et meurent ; pour la nature, l'animal ne vit pas presque, — *il naît ;* à ses yeux, la mère ne compte plus déjà, c'est à l'enfance qu'elle court ; on dirait qu'elle craint de faillir ; c'est là qu'elle a concentré ses forces, ses vigilances, ses tendresses, ses poésies ; — c'est pour cela qu'elle suspend ses nids dans les airs, et qu'elle évoque à tous les berceaux ses plus touchants spectacles et toutes ses magies. Dans nos pensées, dans nos instincts, dans notre vie même, il y a quelque chose qui nous jette en avant et hors de nous ; les affections descendent plus qu'elles ne montent : l'amour paternel d'abord, — puis l'amour filial. Pour se souvenir, il faut que l'homme cherche et s'efforce ; toutes les portes se ferment sur lui ; le présent lui manque, — il le gaspille ; c'est l'avenir qu'il invoque et qu'il dévore ; là sont ses joies, ses espérances : s'il n'est pas heureux aujourd'hui, il l'est toujours *demain ; demain !* dit-il quand il souffre ; *demain !* quand il se promet de jouir ;

demain, pour tous, c'est le grand jour, la bonne nouvelle. Le repos l'inquiète et l'agite, — il faut qu'il avance et qu'il *trouve,* il a comme un secret devant lui; on dirait qu'il *sent* l'éternité. Allons! s'écrie-t-il sans cesse. Mais où aller? Sur ces gouffres profonds qu'il affronte, quel vent de terre est venu jusqu'à lui? A-t-il surpris quelques débris de ces lointains rivages? Va-t-il, comme Colomb, découvrir un nouveau monde? — Ou n'a-t-il plus qu'à se perdre dans un impénétrable abîme?

Quoi! de ce sombre et vaste naufrage, rien qui reste, rien qui remonte? pas un amour, pas un souvenir, pas une fleur! Quoi! plus un mot de la patrie, du toit natal? Ici, tant de bruit, tant d'éclat, tant de réalité, — et là, rien, — ou plutôt, tant de choses : l'éternité dans un étroit cercueil! Mais ces invincibles élans, ces célestes aspirations, qui les a mis au fond du cœur? Pourquoi? Dans quel but? Pour *l'humanité,* dites-vous? — *L'humanité* est trop petite, — c'est un homme presque ; *allons à d'autres dieux.*

Si l'homme croyait mourir, il ne vivrait pas; il faut qu'il espère et qu'il voie de loin. La vie entre

quatre murs lui est odieuse, — elle le rend fou ;
il aime les vastes perspectives, les lointains horizons, les longues avenues : c'est que tout cela
mène à Dieu. Ses devoirs, ses félicités si courtes,
ses attachements, ses plus doux rêves, tout lui
parle d'immortalité, *tout la raconte;* il l'enferme
avec lui dans sa tombe : *toujours!* voilà son dernier mot, son épitaphe même, et toute sa loi !

●

DEUX CHARITÉS

Les sociétés, comme les individus, ne font guère de la Charité qu'avec leur cœur ; elles attendent que le mal soit là, sous leurs yeux, et que la plaie parle, pour ainsi dire ; encore est-ce moins la charité, souvent, que l'impatience, ou l'ennui, ou la peur, qui les décident : un danger les menace ? des plaintes les importunent ? elles s'émeuvent alors et cherchent des remèdes autour d'elles ; leur bienfaisance n'est qu'une thérapeutique. Et cependant le grand art d'une société n'est pas de guérir seulement, mais de préserver. Que dirait-on d'une mère qui saurait soigner ses enfants dans leurs maladies, et ne saurait les surveiller dans leurs mœurs ? serait-ce une mère ou une servante ?

Il y a deux charités : l'une, instinctive, spon-

tanée, matérielle, — l'autre, intelligente, réflé-
chie, toute morale, — l'une qui règle la maladie,
l'autre, la santé, — l'une qui attend l'homme à
l'hôpital pour le traiter, — l'autre, qui le prend à
son berceau pour l'élever, le conseiller, lui indi-
quer sa route, le sauver du péril : celle-ci, cette
charité vivante, cette charité de l'avenir, n'est-ce
pas, ne devrait-ce pas être, surtout, la charité
d'un peuple? la première n'est qu'une émotion,
— la seconde seule est une vertu véritable.

Rien n'est plus imprévu, plus involontaire, plus
prompt, plus fugitif, par conséquent, que la charité instinctive; aveugle comme la passion, elle
s'épuise et se perd, presque toujours dans son
premier élan; l'émotion qui la produit suffit souvent à la tarir; elle dépend d'une disposition,
d'une susceptibilité, d'un battement de cœur, et
passe et tombe avec la rapidité et l'inanité d'une
larme. La charité morale est tout autre : fille, non
de la terre seulement, mais du ciel, elle en a les
inspirations infinies; opiniâtre et forte, parce
qu'elle est intelligente, elle emprunte à l'âme,
quelque chose de son principe et de son incor-
ruptibilité, et se sert de la raison, non pour

restreindre son essor, mais pour l'assurer et
l'étendre, en l'éclairant.

La nature, sans doute, n'a pas mis en nous,
pour rien, cette grande et irrésistible voix de la
charité instinctive et de la pitié : il faut, — à tout
prix, que l'homme soit ému, qu'il *donne*, qu'il
prodigue même, qu'il se sacrifie sans cesse ; mais
la charité instinctive n'est que le prélude et
l'amorce de la charité morale, — elle l'échauffe et
l'enflamme ; la tête et la pensée s'allument à ce
foyer du cœur, — et l'œuvre divine s'accomplit.

Si rien n'est plus doux que la charité sponta-
née, — rien, disons-le, n'est peut-être plus dange-
reux : comment résister ? comment soupçonner un
poison sous cette fleur ? cette émotion, qui nous
trouble et nous jette hors de nous-mêmes, n'est-ce
pas une vertu ? regardons-y pourtant : toute aumône inconsidérée constitue un vice, — le vice
de la mendicité ; elle fait de la paresse un métier,
le pire et le plus dégradant de tous, car c'est l'a-
veu, la profession, je dirais presque l'effronterie
de la servitude et de l'abjection. Quand l'homme
a perdu la honte de la misère, il a perdu toutes
les hontes ; il ne *demande* pas, il exige, il menace,

il *vole* avec des plaintes. En France, le mendiant
garde encore quelques formes et quelque mesure,
— s'il frappe à une porte, c'est avec hésitation et
timidité ; — en Irlande, il y va résolûment, s'a-
vance et demande le maître ; l'aumône, là, n'est
plus une charité, c'est une dette ; donnez à ce
mendiant du jour, si vous ne voulez avoir affaire
à ce *législateur de minuit.*

La servitude et la mendicité se tiennent. —
L'esclave antique était l'esclave d'un homme ; le
mendiant est l'esclave de tout le monde : celui qui
demande, en effet, est à la merci de tous ceux qui
donnent ; sa patrie est partout où l'on peut vivre
sans fortune et sans travailler. La mendicité est la
vermine des peuples ; elle s'étend par leur incurie,
leur lâcheté, leur défaut d'éducation et de vie publique ; elle ne détruit pas la liberté seulement,
elle détruit l'individualité même, — et dans le
mendiant, il n'y a pas plus d'homme que de
citoyen.

Et cependant, ce mendiant a une âme, une
intelligence, — il sort des mains de Dieu, aussi ;
c'est une terre stérile, mais énergique au fond ;
pour faire fructifier ce champ abandonné, peut-

être n'y faut-il qu'un peu de culture, c'est-à-dire
un peu de vraie charité, et l'engrais du cœur! Il
existe, dit-on, près des mines du Pérou, aux environs de Lima, de malheureuses familles, dont les
huttes sont faites en minerai d'argent, et qui vivent,
insouciantes et misérables, au milieu même des
richesses qui les entourent. Ne sont-ce pas là nos
mendiants? Eux aussi, ils ont à leur portée et en
eux d'admirables richesses; mais, quoi! ne sau-
rons-nous jamais en extraire l'argent?

Quels que soient le calme et le bonheur qui
nous entourent, il y a toujours au devant de la vie,
comme au devant de la barque qui fend l'eau, une
agitation, un petit bruit, un trouble involontaire,
qui tient au mouvement même de la marche et au
déplacement de nos jours.

L'homme sait où il naît, — mais sait-il où il
meurt? à peine a-t-il des ailes qu'il quitte son nid,
comme l'oiseau; il part, il vole, il disparaît, — et
rien n'est souvent plus éloigné de son berceau, et
plus ignoré que sa tombe. Toutes nos villes sont

peuplées d'étrangers et de nouveaux venus ; à la
seconde génération, à la troisième au plus, le nom
se perd et s'oublie ; où sont les familles, que le
temps, les intérêts, les revers de fortune, que le
moindre vent n'aient éparpillées et divisées? Le
monde est plein d'affections qui *rappellent,* pour
ainsi dire ; — on se fait signe de loin, on s'en-
courage, on tâche d'aller, comme on peut, — et
c'est tout.

Quels que soient, sur ce triste chemin de la vie,
nos fatigues et nos dégoûts, il faut se redresser
pourtant, reprendre son fardeau, et marcher har-
diment devant soi. Pourquoi? me direz-vous. Pour
accomplir son œuvre, pour faire un peu de bien,
pour rester digne, même, de ces belles et fortes
amitiés qu'on a perdues. Oui, tout est là, — *dans
le devoir,* sinon le plaisir, — la consolation, du
moins, et l'espérance.

RAISON

Nous ne voyons dans la Raison, le plus souvent, qu'une duègne incommode et jalouse, — et Dieu nous l'a donnée surtout comme une mère et comme une amie. La Raison ne règle pas la vie seulement, — elle la console ; elle n'est la raison précisément que parce qu'elle est l'amour et la pitié ; elle ne soulage nos misères que parce qu'elle les comprend et les partage ; elle adoucit le mal en le prévoyant, et le fait supporter en enseignant qu'il est inévitable. L'homme voit, avec l'âge, ses rêves s'évanouir ; il perd sa jeunesse, sa santé, sa fortune, ses amitiés, ses espérances ; il n'y a que la Raison qui survive et lui appartienne en propre ; c'est la dernière hôtesse de la maison. Quand la vieillesse et la nuit sont venues, que chacun prend congé de nous, elle ferme avec soin les portes, range les meubles de la vie, pour ainsi dire, et ne s'assied qu'après avoir allumé la lampe qui doit garder notre sommeil. « O ma bonne nourrice, répète à ton enfant, dans ses vieux jours, quelqu'un de ces chants si doux qui calment la douleur et te viennent des cieux. — Heureux, — l'homme te fuit, et tu te plains; malheureux, — il t'implore, et tu lui pardonnes. »

Il semble que les regrets, dans l'ordre régulier des affections, doivent se proportionner aux objets qui les causent, et que plus un homme a tenu de place et fait de bien pendant sa vie, plus il soit naturel de le pleurer après sa mort. — C'est cependant le contraire qui arrive : les petites mémoires désespèrent, les grandes réconfortent et donnent du cœur. Merveilleux privilége de la vertu ! L'homme s'en va, — mais sa vertu reste ; elle nous survit dans les faits, dans les souvenirs, dans les traditions, au fond des âmes ; elle efface, elle absorbe la mort, pour ainsi dire, — et revêt tout, même le cercueil, d'une ineffable lumière. « Scipion n'est plus, disait Lœlius, mais je le retrouve et je l'aime dans sa vertu, *qui vit toujours.* »

Ce qui plaît dans le souvenir, ce n'est pas son éclat, c'est sa douceur. Le souvenir brille, mais d'une lumière de reflet, chaste et voilée; il rappelle la vie, comme une belle nuit rappelle le jour.

C'est surtout vers la fin de la vie que les souvenirs charment et reviennent en foule. Il en est d'eux comme de ces vêtements qu'on laisse à la porte, en entrant dans un salon, mais qu'on reprend avec empressement, le soir, pour retourner chez soi. Vieux, on aime à s'entourer de ses souvenirs, *on s'en enveloppe,* — et l'on dirait qu'ils nous rendent une certaine chaleur de jeunesse.

L'homme s'embellit de ses souvenirs comme l'arbre s'embellit de son ombre.

Il y a des bourreaux de santé comme des bourreaux d'argent. Le grand art, en tout, est de savoir *économiser.* Mais comment faire! Quand l'homme a de l'argent ou de la santé, il n'a pas de sagesse, — et quand la sagesse lui vient, il ne lui reste le plus souvent ni santé, ni argent. Ainsi, sa passion manque de frein, ou sa raison d'objet.

Les vertes vieillesses ne sont guère que des jeunesses ménagées, — et les vieillesses décrépites que des jeunesses gaspillées et perdues. Il en est des années comme des feuilles : les grandes chaleurs de la vie les sèchent et les flétrissent, et les

premiers froids les emportent. Oh ! que la tempérance et la modération ont de prix : elles nour-
rissent l'homme, mais sans le rassasier, elles le
laissent sur sa faim et sur ses désirs ; elles changent
ses jouissances plutôt qu'elles ne les lui ôtent, —
elles répartissent également son bonheur, et le font
durer d'âge en âge ; sans elles, on dévore la vie : on
ne la règle, on ne la goûte, — on ne *l'achève* surtout qu'avec elles.

RICHESSE

Parricida morum.
LYCURGUE.

Ce ne sont pas les richesses qui nous attachent à la patrie : la richesse n'attache qu'à la richesse. Étroite et sensuelle comme le plaisir, dont elle est le moyen, elle n'a d'autre culte, au fond, que la jouissance, d'autre *patrie* que l'individu ; conserver, *maintenir,* voilà tout au plus sa morale et sa politique. La richesse, — *je ne dis pas le riche,* — n'a rien de ce qui porte à la liberté : elle a tout ce qui porte à la servitude; par l'inconsistance et la légèreté de ses mœurs, par ses passions, son ambition, par son orgueil même, elle prête étrangement au despotisme; en éloignant l'homme du travail, elle l'éloigne de la nature, et lui fait une vie factice et d'exception; en lui ôtant les forces vives du corps et la libre disposition de lui-même, elle

lui donne les préjugés, les faiblesses, les répul-
sions, la morgue hautaine, les sottes susceptibilités
de l'esprit, et frappe du même coup, en l'éner-
vant, son intelligence et son cœur; elle éteint la
foi, l'enthousiasme, et remplit l'âme de tous les
athéismes, — athéisme religieux, athéisme moral,
athéisme politique; croire, en effet, c'est agir; —
et la richesse n'agit pas : elle se berce et s'endort
dans la mollesse et l'indifférence. La richesse, —
le mot est dur, mais il est vrai, n'a rien de social :
ce n'est point un amour et un dévouement, c'est
plutôt un calcul et un égoïsme. Elle ne s'accommode pas des situations intermédiaires, et l'égalité lui répugne; il est dans sa loi d'obéir ou de
commander, — l'un ou l'autre extrême. Oisive
comme l'indigence et sans industrie comme elle,
— comme elle, au besoin, elle vit de mendicité et
se met aux gages du premier pouvoir qui sait la
flatter; le luxe et l'ostentation dans la sujétion lui
vont mieux qu'une indépendance et une médiocrité
laborieuses; aussi la voit-on, à toutes les époques
et chez tous les peuples, se vouer aux fonctions les
plus serviles, et se faire un orgueil de son esclavage et de sa livrée : dans le bas-empire, le titre

de *grand domestique* était le plus envié du palais, et, dans nos monarchies modernes, celui de *valet de chambre* recherché des plus grands seigneurs.

C'est la richesse, on le sait assez, qui corrompit dans l'antiquité toutes les aristocraties et tous les pouvoirs : là Grèce ne fut conquise par Alexandre qu'après l'avoir été par l'or et le luxe des Perses; voyez Rome : elle éclate en vertus magnifiques au sein de sa pauvreté native; une fois riche, elle n'a plus que des vices; plus tard, Venise, comme Athènes, comme Rome, s'ensevelit et disparaît dans l'excès de sa fortune. Ce n'est donc pas la richesse qui fait la puissance réelle et la vitalité d'une nation, c'est le travail, qui est derrière, — et dans le travail, un Dieu caché, — la liberté! La richesse, par elle-même, n'est qu'un fait, mais le travail est un principe : le travail ne donne pas seulement le bien-être, il en donne la mesure et l'économie : c'est la sagesse à sa source et dans ce qu'elle a de plus pratique et de plus humain. Ces garanties, ce contre-poids, cette *modération*, que les législateurs de tous les temps ont demandé vainement à l'organisation savante des pouvoirs, le travail les donne *naturellement*, et la démocratie les porte avec elle ; sa raison, on peut le dire, est au bout de ses bras. Le travail fait le peuple, parce qu'il fait l'homme. Si l'indigence est tant à craindre, c'est que l'indigence est une *oisiveté*, — l'oisiveté du pauvre, — comme l'opulence est l'oisiveté du riche, — et c'est l'oisiveté seule qui perd à la longue les hommes et les empires. Une aristocratie, une famille, un individu, acquièrent des richesses, et, par les richesses, le repos ; une nation, heureusement, ne peut être riche qu'à la condition de créer et de travailler sans cesse ; une nation bien ordonnée ne se repose jamais ; de là sa force et son salut. Aussi, la loi *politique* de l'avenir, sa loi durable et définitive, ne. sera-t-elle que la loi même du travail sous toutes les formes.

Que le travail a de puissance et de moralité! il attache à la patrie, comme à la vie, par toutes les racines de l'âme, par le courage, par l'effort, par la patience, par la tempérance, par l'usage et l'échange de toutes nos facultés ; il nous attache par nos sentiments les plus profonds, par nos épreuves et nos douleurs mêmes : on aime sa patrie comme on aime sa mère, moins pour ce qu'elle donne peut-être que pour ce qu'elle coûte.

C'est là l'admirable et éternel privilége du cœur :
ses sacrifices le fécondent ; plus il se répand,
moins il s'épuise ; mille affluents mystérieux le
grossissent en route ; à sa source, ce n'est qu'un
filet d'eau ; — c'est un fleuve à son embouchure.

Ce que nous appelons vertu communément n'est
guère que l'absence du vice. Qui dit vertu dit
force, — et cependant, qu'est-ce que la vertu chez
la plupart? Rien qu'une faiblesse et qu'une impuissance. Il semble qu'on tienne compte à l'homme
de son innocuité, et que le mal qu'il ne fait pas
lui soit imputé comme un bien.

Quoi de plus difficile, en effet, que la vertu
active? Agir pour elle, n'est-ce point un danger
déjà? Où trouver la juste limite et la mesure de
son développement? Comment être généreux sans
prodigalité, — fort sans emportement, — humble
sans bassesse, — brave sans témérité? Comment
rester inflexible et droit dans la clémence, conti-
nent dans l'amour, passionné presque dans la

sagesse, — et remplir la vertu, pour ainsi dire, sans la faire déborder? L'homme, faut-il l'en louer ou l'en plaindre? ne se rend maître le plus souvent d'un excès que par un autre ; pour dompter son cœur, il le brise ; il aime mieux détruire que corriger ; Rancé se jette à la Trappe, — La Vallière aux Carmélites ; mais l'un et l'autre ne font que substituer une passion à une passion, et l'amour dans le ciel à l'amour sur la terre. Telle est notre nature : l'héroïsme y est plus aisé que la sagesse. On dirait que la vertu manque de saveur et que, pour la goûter, il faille la relever et l'*épicer* comme nos aliments.

La conscience est comme une glace qui se ter-
nit un peu chaque jour ; il faut l'essuyer souvent,
sous peine de ne plus s'y voir.

J'aime la sagesse qui s'échange et qu'on porte
sur soi en petites pièces, comme la monnaie la
meilleure est la plus courante, et celle qui satisfait
aux besoins de tous les jours.

Il arrive un âge, voisin de la vieillesse, où l'on
ne doit jouir du bonheur qu'à la condition d'être

toujours prêt à le perdre. On ne le possède plus,
— on le dérobe, pour ainsi dire. Les plaisirs, les
amitiés, les espérances, tous les attachements,
toutes les grâces de la vie tombent autour de nous
comme des feuilles, — et s'il est encore quelques
beaux jours, ce sont de ces jours d'automne d'une
beauté pâle et fugitive, et qui n'ont pas de lendemain.

Quand vous aurez toutes les vertus, — prenez
garde : vous toucherez au plus grand des vices,
— à l'orgueil de la vertu même.

Bien des gens n'ont d'esprit que celui de leur
amour-propre. L'envie d'être remarqué fait faire
des prodiges aux plus médiocres.

Il ne faut prendre les liqueurs et les louanges qu'à faibles doses et dans de *petits verres*. La louange brûle comme la liqueur, et désorganise, comme elle, à la longue.

~~~~~~

Le mépris du riche est un vice, — le mépris de la richesse peut être une vertu. On ne méprise le riche, en effet, que par envie et bassesse d'âme ; on peut mépriser la richesse par désintéressement et fierté.

~~~~~~

Ce que nous redoutons dans la pauvreté, c'est peut-être moins l'indigence que le mépris, — et nous la trouvons plus dure encore pour notre amour-propre que pour nos besoins.

Le mépris des richesses n'est quelquefois que l'orgueil de la pauvreté.

~~~~~~.

Qu'est-ce que la vie? Le mouvement. Arrêtez la séve du végétal, il se fane, — le sang de l'animal, il meurt, — la liberté d'un peuple, il succombe. La richesse n'est si souvent un vice que parce qu'elle est une oisiveté ; — la pauvreté une vertu, que parce qu'elle est un travail et une lutte. Ce que j'aime dans la pauvreté, c'est moins la privation qu'elle impose que l'activité qu'elle sollicite et provoque ; la pauvreté tient sans cesse en haleine ; tel est son secret et sa force ! Comme Alexandre, elle garde *l'espérance,* — et c'est par là qu'elle conquiert le monde et se l'approprie.

Il y a dans toute grande ville de province deux
hommes qui se font une concurrence acharnée,
— le directeur du théâtre et le curé de la paroisse.
Tous les moyens sont mis en usage, et les rôles
souvent semblent intervertis; au théâtre, on se
croirait à l'église; — à l'église, on est au théâtre.
Le directeur a ses processions, son orgue, ses
chants sacrés; — le curé, sa musique d'opéra et
son programme, qu'on *distribue à la porte;* l'un
fait venir, à grands frais, un ténor; — l'autre, un
prédicateur. Des deux côtés, on se défie, on lutte,
on partage l'attention : il y a foule au *salut,* et
foule à la comédie.

Que ce soit là le monde, j'y consens; mais est-
ce bien là la religion? Touchante simplicité des

premiers temps, qu'êtes-vous devenue? Disciples choisis du Christ, pauvres pêcheurs de Généza- reth, est-ce vous que je vois? Vous aviez l'amour, la foi, l'enthousiasme, — et vos successeurs n'en ont, tout au plus, que la mécanique et la mise en scène; — vous parliez au cœur, — et ils ne parlent qu'aux yeux; — vous entraîniez les peuples, — et ils ne les amusent pas; — vous étiez des apôtres, et ce ne sont, pour la plupart, que des acteurs et des maîtres de cérémonies.

Il semble que certains défauts, dans les natures basses, soient au-dessous de l'âme, — et au-dessus, dans les natures élevées : chez les uns, il y a excès de vertu, pour ainsi dire, et manque absolu, chez les autres ; la témérité, par exemple, n'est que l'exagération du courage, mais l'avarice est l'absence complète et la négation de toute libéralité. Aussi l'âge et l'expérience, qui guérissent quelquefois des vices généreux, ne guérissent-ils jamais des vices égoïstes ; s'il est possible, en effet, de réduire ou de corriger une vertu qu'on possède, il ne l'est guère de créer une vertu qu'on n'a pas.

La faiblesse et la force d'esprit ont quelquefois même allure, même taille, même visage : vous les salueriez l'une pour l'autre ; les circonstances, il est vrai, plient sous celle-ci, et glissent sur celle-là ; l'une est au-dessus des événements, l'autre au dessous, mais aucune des deux, au fond, n'en est atteinte. Quelle différence y a-t-il donc entre elles ? Une seule, — et qui nous touche : la différence et l'épaisseur d'*un homme*.

Qu'est-ce que la grandeur d'âme ? L'héroïsme dans la vertu. Le caractère de la grandeur d'âme est d'être essentiellement moral. Alexandre, dans la tente de Sisygambis, traitant avec la tendresse et le respect d'un fils cette reine infortunée et l'appelant *sa mère*, me paraît plus grand que dans toutes ses victoires. La conquête du monde n'exigeait d'Alexandre que du génie ; mais cette conquête sur lui-même et cette admirable clémence, quelle hauteur morale et quelle vertu ne révèlent-elles pas ?

Bien des gens n'ont guère que des qualités et des vertus *apprises*, — vertus de forme, de mémoire presque et d'éducation, — vertus de tête, non de cœur. A l'étroit et mal à l'aise dans cet habit de convention, ils le mettent bas dès qu'ils peuvent, et se montrent alors tels qu'ils sont : indifférents sous leurs amitiés, égoïstes sous leurs dévouements, sceptiques et froids sous leur patriotisme. Vous vous croyez sûr de cet homme? Prenez garde : au premier choc, il éclate et rompt avec vous sans pitié : « Je respire enfin, se dit-il, et me voilà libre ! » — Oui, libre de ton masque et de ton mensonge.

Apprendre l'amitié, *savoir* le patriotisme, posséder le semblant et la surface des choses, qu'est-ce que cela? — C'est *aimer* surtout qui importe. Rien ne vit et ne fleurit dans la tête, qui n'ait sa racine au cœur.

Le dévouement et la charité sont plus faciles au pauvre qu'au riche.

Comment? A quel titre? Le pauvre vaut-il donc mieux que le riche?

Non, — tous deux sortent du même berceau, tous deux sont frères, enfants de la nature, — mais l'un habite auprès de *sa mère,* — l'autre vit loin d'elle, et finit souvent par l'oublier. On ne se dévoue pas, on n'est pas charitable avec sa bourse, on l'est avec son cœur, — et le pauvre est plus maître du sien ; rien ne comprime en lui le premier mouvement, l'élan spontané de son émotion. S'il est bon, dévoué, prêt à tout, ce n'est pas qu'il soit meilleur au fond, c'est tout uniment qu'il est plus libre ; les natures ne sont pas différentes, — les situations le sont. Le riche, en toutes choses, ne donne guère que son argent, mais le pauvre se donne lui-même ; qu'a-t-il besoin de craindre et de supputer? Quelles privations inconnues le dévouement lui impose-t-il? Quelles dures épreuves que son âpre courage n'ait surmontées déjà? Son activité, sa sobriété, sa résignation, son indépendance, — avant comme après, — tout lui reste. Que le riche, au contraire, perde sa richesse ou la compromette, — ses habitudes, sa considération, sa sécurité, son bonheur, sont atteints du même coup. La richesse, en nous, peut altérer *l'homme;* la pauvreté le conserve, — elle le forti- fie même et le complète encore par l'expérience et les privations, — et *l'homme,* c'est là l'inépuisable source de la charité et du sacrifice.

Pour s'attirer la considération de certaines gens, il suffit souvent de ne leur en témoigner aucune. Ce que ne peuvent ni la politesse, ni les égards, ni la bienveillance, — la hauteur et la morgue vous l'obtiennent d'emblée : « Quel est cet homme qui me dédaigne? — Quelque grand sei- gneur, sans doute! »

En Turquie, les prévenances, les démarches obséquieuses du voyageur ne lui attirent, de la part des fonctionnaires publics, qu'une considéra- tion médiocre ; reste-t-il imperturbablement chez lui, sans se donner la peine de faire de visites : « Puisque cet étranger est impoli, disent-ils, ce doit être un grand personnage, » Chez les peuples

sans liberté, comme chez les individus sans éducation, la puissance se reconnaît le plus souvent à
l'insolence des manières, et l'orgueil paraît une
noblesse.

Rien n'est plus loin de la pudeur que la coquetterie, qui s'en croit si près. La pudeur est un
sentiment; la coquetterie un art; — son *crime*,
précisément, est d'être toujours de sang-froid;
chez elle, la chair n'est pas coupable, mais l'esprit
même; la passion lui manque, et par conséquent
l'excuse. L'âme, par la passion, remonte aux
vraies sources de la chasteté et de la pudeur, —
et rien n'est plus loin du sensualisme qu'une âme
véritablement éprise : qu'éprouve-t-elle? l'ineffable et constant besoin de se sacrifier; s'oublier,
se perdre, s'anéantir dans l'objet aimé, voilà sa fin
et toute sa loi. La passion a toujours des ailes,
elle ne s'unit qu'au plus haut des cieux, — comme
l'abeille, que Dieu féconde dans les airs; son dé-

lire fait sa pudeur; elle se respecte, *elle est chaste,*
parce qu'elle aime.

~~~~~~

Les femmes, — un certain nombre, s'entend,
— sont plutôt faites pour plaire que pour aimer,
et la coquetterie, chez elles, est plus naturelle que
la tendresse : distinguez-les, — et elles vous dis-
tinguent; trouvez-leur de l'esprit, de la grâce, —
et vous en aurez aussitôt. Leur cœur, la plupart
du temps, ne fait guère que payer, à son insu, les
dettes de leur amour-propre.

~~~~~~

Ces contradictions apparentes des amants ne
sont des contradictions que pour nous : tout cela a
sa cause, qu'ils s'expliquent parfaitement; — mais
la passion ou le sentiment nous manquent pour le
comprendre.

~~~~~~

Il y a des coquetteries de mille espèces, — et des femmes qui possèdent toutes les espèces ; on est coquet à tout âge et de tout, — même de ses défauts et de sa laideur : le sentiment lui-même a sa coquetterie : c'est le cœur servant d'amorce à l'esprit.

Les vieilles coquetteries sont les pires.

~~~~~

La coquetterie n'a pas de sexe ; elle irrite les désirs sans les satisfaire. — et se croit sage, quand elle n'est qu'indifférente. La passion qui s'égare, est plus près qu'elle peut-être du devoir et de la vertu, — car Dieu lui offre, après sa chute, l'expiation touchante du repentir.

~~~~~

Chez les femmes vraiment sensibles, la coquetterie n'est guère qu'une distraction du cœur.

~~~~~

Ce qu'il y a de pis, dans la coquetterie des femmes, c'est moins la coquetterie elle-même que cette obligation qu'elle leur fait, du mensonge et de la tromperie. Une coquette a de la grâce, de la beauté, de l'esprit : que voulez-vous de plus? — Qu'elle soit femme! Il lui manque, en effet, ce qui donne à la grâce, à l'esprit, à la beauté, la vie et l'expression, — c'est-à-dire le sentiment.

~~~~~~~

La femme n'est complétement grande et belle que près d'un berceau. Une fois là, il n'y a que Dieu qui soit plus grand qu'elle.

La modestie est la pudeur de l'esprit, — vertu délicate et charmante, dont la fausse modestie n'est que le mensonge et la grimace. Voyez ces deux femmes, — j'allais dire ces deux sœurs : l'une, simple, réservée, tout intérieure, s'assied humblement et sans bruit au foyer de la maison, — l'autre, mondaine et coquette sous son masque, se tient à la porte et fait des minauderies aux passants.

La fausse modestie n'est qu'un amour-propre déguisé, et que la bienséance d'un défaut.

Beaucoup de gens n'ont tant de religion, que pour avoir plus sûrement des vices. Ils font de leur vie deux parts, qui s'équilibrent et se compensent, pour ainsi dire : le matin, ils se donnent à Dieu, et, le soir, à qui veut les prendre. Leurs dévotions faites, que peut-on demander de plus? Ne sont-ils pas quittes, et parfaitement en règle avec tout le monde? Admirable et commode économie de l'âme, avouons-le, — qui matérialise à la fois la conscience et la religion, balance un péché par un *oremus*, et nous livre à tous les désordres, avec la quiétude et la sérénité de la vertu! La duchesse de Berry, cette célèbre fille du Régent, se retirait, on le sait, la veille des grandes fêtes, aux *Carmélites;* elle y assistait avec ferveur aux offices du jour et de la nuit, se prosternant, se frappant la poitrine, poussant de profonds soupirs, — et, le lendemain, elle retournait, de plus belle, aux orgies du Luxembourg, l'esprit parfaitement libre et régénéré. Des grands, descendez aux petits, — à la place des vices, mettez des fautes, — que de duchesses de Berry dans le monde !

Un homme est là, un Dieu, plutôt, qui surveille, entretient, met tout en ordre dans cette maison ; il va, il vient, sans embarras et sans bruit ; vous le sentez partout et ne le remarquez nulle part : ce gond tourne mal, — il le fait tourner ; cette glace est terne, — il veut qu'on l'essuie sous ses yeux ; le vent passe sous cette porte, — qu'on y mette un bourrelet, dit-il ; ces tapis, ces meubles, toutes ces richesses, il les conserve et les crée, pour ainsi dire, par ses soins vigilants de chaque jour. Cet homme simple, économe, actif, infatigable, — vous le connaissez sans doute ? « Nullement ; » — mais, d'où vient-il ? « Qu'est-ce que cela me fait ! »

« Et cet autre, qui frappe les portes et casse

les vitres avec fracas? » Ah! celui-là, qui ne sait
son nom? Chacun en parle et s'en occupe. « C'est
un fou, dit tout bas quelqu'un; » soit! mais c'est
quelque chose, — et dès demain, pour la plupart,
ce fou sera presqu'un génie. Dans l'esprit de bien
des gens, l'admiration et l'étonnement ne font
qu'un; osez, — vous êtes maître.

L'oisiveté, chez l'homme, peut n'être qu'un défaut ; chez les femmes, elle est toujours un vice, et la source des plus grands désordres : il faut à leur nature mobile et passionnée, à leur vie recluse et uniforme, un aliment continuel, — et le travail les sauve, — parce qu'il les distrait et les tient sans cesse en haleine. L'homme a ses affaires, ses intérêts, ses ambitions, ses étourdissements extérieurs ; la femme n'a que son cœur et sa solitude ; sa tranquillité même est un danger. Oisive, elle vit entre deux écueils : entre le libertinage et la folie ; ou elle s'ennuie de sa vertu, ou elle s'ennuie d'elle-même, — et perd, tôt ou tard, ses mœurs ou sa raison. La Bruyère disait : *Qu'est-ce qu'une femme qu'on dirige ? c'est une femme qui a*

un directeur. C'est plus, c'est une femme qu'un directeur *occupe.* La Bruyère n'y voyait qu'une forme ; il y a là un besoin, non de religion, si l'on veut, non de règle ou de conduite, mais de tête et d'activité. Regardez-y de près : la coquetterie, pour les femmes, est surtout une *occupation ;* — peut-être est-ce là sa meilleure excuse?

L'ignorance donne aux plus fins esprits comme un air de bêtise.

~~~~~~~

Il y a une bêtise qui ne vient pas de l'esprit, — qui ne tient pas à l'individu presque, — mais au temps, au lieu, aux situations, — une bêtise *collective*, si je puis dire, — comme il y a une intelligence collective, une science commune et générale. A ce compte, tel homme simple en saura plus, par contact et par tradition, que l'esprit le plus délié du monde : le prince de Ligne, qui n'avait vécu que d'ordre et de hiérarchie, ne comprenait rien à la *Révolution ;* Bonaparte avait, à ses yeux, quelque chose d'étrange et d'irrégulier :

Où diable avez-vous péché cette homme-là ? disait-il
à Talleyrand, — *je ne me rappelle pas que nous
ayons jamais dîné avec lui.* — Bêtise *collective* et
de grand seigneur ! Quoi de plus ordinaire, en révolution, que ces hommes précisément avec les-
quels *on n'a pas dîné !*

J'ai pour voisin un homme, le plus laborieux et
le premier levé du quartier : été, hiver, soir et
matin, cet homme est sans cesse à l'œuvre; les
aises qu'il pourrait prendre, il se les refuse dure-
ment; sa vie n'est qu'une privation. Le dimanche
venu, chacun s'habille et court à la fête : lui, il
s'enferme de plus belle et continue, sans bruit,
son travail et son sacrifice. Cet être infatigable n'a
qu'un but, qu'une ambition, qu'une idée : amasser
du bien. Pourquoi faire? Pour se retirer un jour
et jouir du repos enfin, au milieu des champs. Il
s'est mis en tête une petite maison qu'il arrange
et qu'il meuble selon ses goûts; il la bâtit au pied
d'un riant coteau, dans un vallon écarté qu'il s'est
choisi depuis longtemps; il la tourne au soleil levant

et l'enclôt d'un mur, où s'étendront à loisir sa vigne
et ses pêchers; ici sera le parterre, avec sa corbeille
de fleurs, — plus loin les poules et la basse-cour,
— au-delà, l'étable et l'écurie; le cidre lui a toujours plu : qui l'empêche de le faire lui-même?
Voilà les pommiers plantés et le pressoir sous le
hangar! voyons : tout est-il prêt? rien ne manque-
t-il à cet heureux séjour? Non, rien. Où donc est
le propriétaire?... Enterré d'hier à deux pas d'ici!

Tel est l'homme : il s'épuise et se tue, pour arriver à *ne rien faire:* il bâtit des maisons et des
rêves, qu'il n'habite presque jamais, il construit
et pare, du mieux qu'il peut, sa demeure de demain, — mais celle d'aujourd'hui, mais cette
demeure du présent et de la raison, il n'y songe
qu'à peine; il demeure sur le seuil, et son bonheur, le plus souvent, n'est qu'un projet et qu'une
espérance.

Les pertes de l'amour sont moins cruelles que celles de l'amitié : les premières n'affectent le plus souvent que les sentiments qui passent, et ne blessent que le cœur, — les autres atteignent les sentiments qui durent, et blessent à la fois le cœur et la conscience. Que laisse, après lui, l'amour qui nous trompe et nous échappe? un chagrin! l'amitié laisse une flétrissure, — car cesser d'aimer, pour elle, c'est cesser d'estimer. Oh! que le mépris qui la suit coûte cher! la mort même ne vaut-elle pas mieux? tenez, voyez-vous cette terre fraîchement remuée? c'est la tombe d'un ami qui faisait ma joie : l'homme n'est plus, — et, pourtant, l'attachement survit; cette tombe a ses consolations et ses espérances; on s'y recueille, on s'y souvient, —

on y pleure, mais on ne pleure pas sur ces *tombes vivantes*, pleines de pourritures et d'affections trahies, on s'en détourne avec dégoût, — et tout souvenir est empoisonné, toute espérance à jamais détruite.

La vanité n'est guère que l'enflure de la médiocrité. On tiendrait moins à *paraître,* si l'on *était* un peu plus.

~~~~~~~

La vanité est un défaut de l'esprit; l'orgueil est un vice de l'âme ; aussi, rien n'est-il plus près de l'orgueil, souvent, que la bassesse; l'orgueilleux l'est à tout prix, même au prix de sa dignité et de son orgueil.

~~~~~~~

L'amour-propre, avec ses sottes susceptibilités, me fait l'effet d'un homme chaussé trop étroit et

qui a des cors aux pieds. Un soulier blesse, on le
change, — un cor fait mal, on l'extirpe ; mais
comment extirper les sottises et les cors de l'esprit?

Ce qui manque à la plupart des amitiés, ce n'est ni l'âge, ni le temps, ce sont les épreuves; la vie souvent n'y suffit pas, et les plus vieux amis se connaissent à peine; c'est là le privilége immense de la famille, où l'attachement se fait au berceau, par la chair et par le sang : pour connaître un frère, on n'a besoin que de se connaître, — et l'amitié, là, est vieille, pour ainsi dire, en naissant.

Il y a, dans l'amitié qui survit aux égarements, de l'amour, quelque chose qui les honore et qui les répare, — et le cœur peut racheter les fai-

8

blesses du cœur. Les passions sans excuse sont les passions stériles, — terres ingrates et froides, sur lesquelles rien ne vient, ni herbe, ni fleur, ni amitié, ni souvenir ; ouvrez-les, vous n'y trouverez que des cendres. Dans l'ordre des affections, l'oubli fait plus qu'effacer, il flétrit.

De vrais amis ne se doivent rien : l'amitié les acquitte sans cesse. Entre eux, même, le bienfaiteur, c'est l'obligé.

La reconnaissance est toujours *quitte*, — car, en échange d'un bienfait, fugitif et limité de sa nature, elle donne le cœur tout entier et à chaque instant.

On *sent* les défauts des autres, — on ne fait guère que *réfléchir* leurs qualités.

Celui qui chérit sa cellule, a dit un sage, — y *trouvera la paix.* Mais quelle paix est exempte de soucis? quand on ne souffre pas par soi-même, on souffre par les autres ; si étroite que soit la cellule, il y a toujours place pour deux, — pour l'homme et pour la douleur. Toute notre sagesse, je dirais presque, tout notre bonheur, ne consiste guère qu'à savoir régler et discipliner nos peines.

Quels que soient ses défauts et ses vices, l'homme est plus digne encore de pitié que de haine; ses misères dépassent tout, même son orgueil : il y a

des douleurs si grandes, en effet, qu'elles cachent
l'homme tout entier, et ne laissent voir que sa
blessure et la main de Dieu.

~~~~~

Rien ne porte plus à l'indulgence envers autrui
que la sévérité envers soi-même. C'est parce que
la conscience et la raison ne nous passent rien,
que nous savons le prix de la vertu et ce qu'elle
coûte d'efforts et de sacrifices : le besoin que nous
avons alors d'indulgence pour nos faiblesses nous
en inspire pour celles des autres ; avant de blâmer,
nous plaignons, — et la pitié tempère la justice.

~~~~~

La tolérance est, quelquefois, la meilleure cen-
sure ; elle critique et corrige par l'exemple : la
patience impose à l'emportement, le silence à la
loquacité, l'humilité même à l'orgueil. Aussi la
plus sûre de nos qualités, je dirais presque la plus
active, est-elle moins de reprendre les défauts
d'autrui, que de savoir les supporter.

Pourquoi prêchez-vous sans cesse l'économie à vos enfants?

Pourquoi? plaisante question! pour qu'ils connaissent, ce me semble, le prix de l'argent et puissent un jour, à mon exemple, accroître ou conserver leur fortune.

— Ainsi, vous ne voyez dans l'économie qu'un résultat matériel et qu'un bénéfice?

— Sans doute, et vous, qu'y voyez-vous donc?

— Moi, j'y vois bien autre chose : j'y vois une règle morale. L'économie est plus qu'une épargne, c'est une loi, — et c'est pour cela que je l'admire. L'avare et le prodigue, à mes yeux, sont égaux et tous deux insensés, — l'un parce qu'il ne *garde* rien, l'autre parce qu'il *garde* tout : il n'y a que l'homme économe qui sache bien ce que vaut l'argent. L'économie, croyez-moi, ne consiste pas moins à dépenser qu'à épargner; elle consiste tout à la fois à savoir épargner quand il faut, et dépenser quand il est besoin; aussi, est-elle plus qu'une science, plus qu'une qualité même, c'est une vertu : il n'est pas possible, en effet, que celui qui ordonne prudemment sa maison ne finisse pas par s'ordonner lui-même ; cette lumière, qui l'éclaire à ses pieds et dans ses intérêts, rejaillit bientôt à son intérieur et dans sa conscience. L'*économie* n'est que la règle et la *sagesse* de la fortune, comme la sagesse n'est que la règle et l'*économie* de la conduite.

— Si l'homme n'est pas maître absolu de sa
destinée, il peut beaucoup sur elle : rien ne ré-
siste, à la longue, à une volonté ferme, droite,
persévérante, — et si c'est une sottise de ne croire
qu'à son mérite, c'est une faiblesse de n'y pas
croire du tout, et d'attribuer tout au hasard.

— Négliger les petites choses, c'est mécon-
naître, le plus souvent, la cause et l'élément des
grandes.

— Il est de l'extrême prudence de se défier de la prudence même.

~~~~~~

— Quelles sont nos meilleures amitiés? — Celles auxquelles nous pensons dans nos afflictions.

~~~~~~

— On peut aimer par intérêt, par vanité, par désœuvrement presque, et par habitude; on peut se dévouer plutôt par générosité que par amitié; à quoi donc reconnaître l'attachement véritable? à cela surtout qu'on s'afflige, au fond du cœur, des défauts de ceux qu'on aime.

———————

Si l'homme est fait pour le bonheur, il ne l'est
pas pour le repos ; *marche, marche !* s'écriait tristement Bossuet. En effet, marcher, avancer, passer, dérober à la hâte un fruit, souvent amer, aux
arbres de la route, telle est la destinée de
l'homme et du voyageur ; le bonheur, sur ce chemin rapide où tout change, n'est point un *état*,
c'est une émotion, une surprise, je dirais presque
un larcin. On traverse la vie et toutes ses épreuves,
on touche à la vieillesse : Je n'ai plus qu'à me
reposer, se dit-on tout bas, et la douleur, qui nous
quitte à peine, nous attend au bout de cette route
et sur ce seuil, où nous comptions nous asseoir ;
à quinze ans comme à soixante, la vie est la même :
elle *commence* tous les jours.

Au milieu des rangs, dans le bruit et la fumée du combat, le soldat agit, il avance, il recule, il charge et décharge son arme, les balles sifflent autour de lui; quelle est celle qui le frappera? — Et toi, douleur, es-tu la dernière? Non, tu siffles et menaces sans cesse, comme la balle dans le combat.

La jeunesse embellit tout, — jusqu'à nos défauts; elle fait tout supporter, du moins; mais la
vieillesse ne se soutient que par la vertu et par la
majesté, pour ainsi dire. Les passions, dans la jeunesse, appartiennent moins à l'homme qu'à l'âge ;
elles naissent, elles passent comme de folles fleurs,
sans laisser souvent ni traces ni souvenirs; une
année les change ou les emporte, et l'homme,
quelquefois, remonte et reparaît vivant au-dessus
d'elles. Le vieillard, au contraire, n'a que les passions et les défauts *qu'il veut;* en lui, rien qui excuse, rien qui dédommage ; le vice y est nu, froid,
décoloré, infect. On plaint un jeune homme vicieux,
— mais un vieillard vicieux fait horreur : pourquoi? c'est que le corps seul est en jeu dans le

jeune homme; dans le vieillard, c'est l'âme elle-
même qui est flétrie et déshonorée. Otez à la vieillesse sa vertu et sa dignité, il ne lui reste rien :
que cette neige fonde, comme disait l'Hôpital, *il n'y
a plus que de la boue.*

Non, l'homme ne vit pas pour lui seul ; ce qui domine en lui, ce qui l'élève et le soutient, c'est le sentiment de *l'espèce*, — plus que cela, c'est le sentiment du beau, du vrai, du juste, de l'incorruptible, — c'est la conscience et le respect de la loi supérieure qui le régit. Ses instincts, ses secrètes aspirations, ses idées même, viennent de là et s'y rapportent sous toutes les formes ; l'air moral qu'il respire n'est pas fait d'autre chose, — c'est là son vivant *oxygène*. Quoi ! ce petit être inconnu, misérable, qui du milieu de sa vie si bornée, n'en distingue même pas les deux bouts, qui ne fait que passer sur cette terre où on l'oublie, — cet être embrasse et conçoit l'éternité ? Quel prodige ! et cette mort, qu'il rencontre et heurte à chaque pas, qui se jette partout au-devant de lui sur sa route, il ne veut pas la reconnaître ; elle lui dit : « Vois, je suis le néant. » Et il répond : « Non, tu es la résurrection et la vie. » Il saute par dessus, il s'établit au delà, dans des demeures célestes, — *prairies bienheureuses,* qui n'ont pas de limites. Pourquoi dans les arts, dans les sciences, dans la politique, dans la religion, tous ces esprits, toutes ces âmes ardentes, qui s'épuisent et succombent à la peine ? qui les force à répandre ainsi leurs convictions et leur sang au dehors ? « Pauvres dupes ! » dites-vous.

Ah ! oui, pauvres dupes sans doute, — mais l'homme est ainsi fait, reconnaissons-le, qu'il aime à *être dupe;* il n'a d'enthousiasme, il n'a de génie, que pour *être dupe ;* on dirait qu'il a soif de tourments et de supplices ; comme l'évêque d'Antioche : *il veut jouir des bêtes qui lui sont préparées ;* vous lui offrez la vie avec ses délices et toutes ses gloires, — et c'est la mort qu'il cherche, la mort dans le martyre et dans l'ignominie ; au bourreau qui lui crie : « Es-tu fils de Dieu ? » il répond : « Oui, je le suis, » et il expire. C'est qu'il l'est, en effet, — c'est qu'il y a du Dieu en lui ; l'homme

ne s'appartient pas, il travaille à une œuvre immense, qu'il sent sans l'expliquer, qui l'étonne et
qui l'entraîne, et dont une main mystérieuse et
puissante a tracé le plan.

La vertu n'habite pas *de maisons neuves*. Elle ne fait guère que réparer et repeindre les vieilles : ce qui nous distingue, en effet, dans la vie morale, c'est moins l'innocence que le repentir ; tous succombent, mais les uns rient de leurs chutes, — les autres en gémissent ; les uns poursuivent grossièrement leur route, — les autres s'arrêtent, se retournent, et déplorent leur aveuglement. Reconnaître et regretter ses fautes, telle est à peu près toute la sagesse de l'homme : entre le bon et le méchant, il n'y a le plus souvent, que la différence du remords, — et la vertu, pour la plupart, n'est guère qu'une *expiation*.

Ce qui constitue la beauté du repentir, c'est *sa victoire.* L'homme repentant fait plus que d'aimer la vertu, — il la conquiert; il s'élance à elle d'un sublime effort et la grandit de toutes les profondeurs de sa chute. Entre l'âme vertueuse et l'âme repentante, il y a toute l'étendue d'un abîme : le ciel, pour l'une, est une ville ouverte, — pour l'autre, une ville prise d'assaut. Pauvre âme contristée, que d'audace, que d'opiniâtreté, que d'amour ne te faut-il pas pour rester, enfin, maîtresse *de la place!*

Pour les plus heureux, le bonheur même a
ses souffrances et son amertume : *il s'écoule;* et
l'extrême félicité s'exprime comme la douleur,
par l'attendrissement et par les larmes. Le
plaisir, la beauté, la jeunesse, tout ce qui passe,
est une peine au fond, parce que c'est déjà un
regret. On raconte qu'au milieu des fêtes les
plus brillantes et dans ses meilleurs jours, une
femme, célèbre par ses grâces, se dérobait à
tous les hommages et sortait quelquefois pour
pleurer. « O mon âme, que te faut-il donc! Quoi!
ces dons divins du cœur et de l'esprit, ces
splendeurs de l'âge et de la fortune, ces délices,
ces enchantements du monde, ne te suffisent
pas! Non! réponds-tu : rien ne suffit, car rien

ne dure : aujourd'hui le parfum s'évapore, —
et demain le vase est brisé; qu'en retrouvez-
vous maintenant? » L'âme est faite d'immortalité : il n'y a que Dieu qui la remplisse et la
satisfasse, parce qu'il n'y a que lui qui ne finisse jamais. Le printemps succède au printemps; — l'homme succède à l'homme, l'espèce vit et se perpétue, — mais l'individu, que
vit-il? On se souvient de *la rose* : qui se souvient *d'une rose?* Oui, tout fuit, tout nous
échappe; le présent emporte le passé, — l'avenir le présent, — et subsister, et naître même,
c'est déjà mourir. *Nous rêvons que nous avons
vécu,* disait Massillon. En effet, la vie n'est
qu'un rêve, — un rêve entre deux nuits et deux
éternités.

— Tu m'aimes, dis-tu?

— Oui, — et je suis prêt à te sacrifier mon repos, ma fortune, mes plaisirs, ma considération, ma vie même.

— Ce n'est point assez.

— Que te faut-il donc?

— Une chose, un sacrifice encore, plus rare que tous les autres.

— Lequel?

— Celui de ton amour-propre.

La légende raconte qu'un grand seigneur, se promenant avec toute sa cour, rencontra sur sa route un pauvre, qui lui demanda l'aumône : le prince prend sa bourse et la jette aussitôt. « Et

ton manteau? dit le mendiant. — Le voici. — Et
ce collier d'or qui pend à ta poitrine? et ces
armes? et cet habit magnifique? — Ils sont à
toi, je te les donne. » Et le seigneur, dépouil-
lant une à une les pièces de son riche ajustement,
en fait largesse au malheureux. « Il te reste au
doigt un anneau? dit celui-ci. — Ah! pour cet
anneau, je le garde, il me vient de ma femme bien-
aimée. — Reprends donc tout, » s'écrie le pauvre ;
— et il disparaît.

Il en est de l'amitié comme de la charité ; la véritable amitié ne se limite pas : qui aime à demi,
n'aime point, — qui garde quelque chose garde
tout. Qu'est-ce qu'aimer, en effet, sinon s'oublier,
se perdre, s'anéantir dans l'objet aimé? aimer,
c'est vivre en un autre, pour ainsi dire, — c'est
sacrifier tout, jusqu'au plus intime, jusqu'au plus
individuel de ses sentiments. L'homme n'a rien
donné, tant qu'il lui reste la moindre attache personnelle, et ce dernier *anneau* de son amour-propre.

La faiblesse d'esprit est plus qu'un défaut ; c'e
tous les défauts, — car elle les contracté et les r
produit tous, au besoin.

La stupidité a son audace comme le génie : l
génie ose, parce qu'il sait ; — la stupidité, préci
sément parce qu'elle ignore ; l'un entraîne et régi
les événements, — l'autre les brusque et passe a
travers. La stupidité a l'audace de la brute et l
puissance de l'accident : c'est la force sans l'intelli
gence, la locomotive sans conducteur.

Il y a deux sortes d'exaltation : une exaltation mentale, proprement dite, abstraite et métaphysique, dont le siége est dans la pensée, qui vient de la raison même, qu'elle trouble et pervertit ; il y en a une autre, matérielle, organique, presque extérieure, qui tient à la susceptibilité du cerveau et comme à la peau de l'esprit, — qui n'affecte point le jugement, mais qui l'excite et l'échauffe : c'est elle qui dictait des vers à Juvénal *indigné*, et qui poussait M. de Maistre à ce qu'il appelait ses *saintes colères*. La première est une faiblesse et presque une aliénation de l'esprit ; la seconde en est la vivacité, et, très-souvent, l'éloquence.

Ce qui fait, aux yeux du monde, le prix des hommes et des choses, c'est moins peut-être une valeur propre et réelle, qu'une valeur de circonstances, de position et de préjugé.

Pour ce qui est du *sexe,* par exemple, quelle importance n'accorde-t-on pas à la moindre faveur d'une femme *comme il faut?* Un coup-d'œil, un mot, un signe, — et voilà la meilleure tête à l'envers; quelle délicatesse de manières, je dirais presque de sentiment! Que ces femmes soient autres, que l'éducation ait modifié leurs instincts, leur nature, jusqu'à leur forme, — je le veux bien; — mais est-ce là tout, et n'accordons-nous rien au préjugé?

Pour ces pauvres filles du peuple, au contraire,
qui les regarde? qui de nous font-elles soupirer au
monde? Elles ne sont point, celles-là, *des personnes
de l'autre sexe :* qu'on les rencontre à la ville, en
voyage, à l'hôtel, chacun y va sans tant de façons,
— cela fait partie de la carte et du mobilier;
l'heure venue, on prend sa malle, on paye, on
part, sans songer même à tourner la tête. Presque
toutes, il est vrai, ont accepté grossièrement cette
part qui leur est faite. Il en est pourtant qui
protestent : l'affection est entrée chez elles avec
toutes les susceptibilités et par toutes les portes
du cœur; elles nous ont pris au mot; elles ont
donné tout ce qu'elles avaient, ce qu'il y a au
monde de plus touchant et de plus saint, — le
sentiment; l'affaire d'un moment est devenue
l'affaire de toute leur vie : les voilà, pour jamais,
tristes, découragées, *déshonorées,* car l'amour leur
a tout appris. Elles avaient aussi rêvé le bonheur, avec ses nobles et profonds instincts de
dévouement et de charité. Il est bien question de
cela! Eh! la fille, — cirez-moi mes bottes, et dépêchons, s'il vous plaît.

Pauvres âmes dont chacun use, — et qu'on

se rappelle tout au plus, à l'occasion, comme des truffes qu'on a mangées à Périgueux ou des non-nettes à Reims.

Nous portons en nous un si profond sentiment de personnalité, qu'il éclate et nous trahit partout, même au sein du plus vil esclavage; il faut à tout prix que l'homme soit quelque chose; quand il n'est pas fier de sa liberté, il l'est de sa servitude, et met son orgueil dans l'excès même de sa bassesse; les gladiateurs expirants *saluaient* l'Empereur et portaient jusque dans la mort la *gloire* de leur infamie; le nègre, sur les marchés d'Amérique, rougit d'être vendu au-dessous de son prix, et se croit déshonoré. Ainsi, la moralité, la dignité, l'indépendance ne sont plus, — et *l'honneur* et la vanité subsistent; — l'âme est morte, mais la matière et le corps protestent. Merveilleux sentiment, disons-le, qui ne prouve point en faveur de la servitude, mais en faveur de la liberté : changez, en effet, les institutions et les mœurs, — d'un vice, vous faites une vertu, d'une faiblesse une force, d'un gladiateur un héros.

L'esprit a beau s'enfoncer dans l'espace et laisser derrière lui les innombrables sphères qui le peuplent, — si loin que je pénètre dans ces solitudes profondes, il y a toujours un point où je m'arrête et où je borne l'infini, pour ainsi dire; ma pensée s'épuise et se noie dans cette immensité, — et l'imagination, l'intelligence, les forces mêmes, tout me manque à la fois. Je *sens l'éternité*, mais je ne la conçois pas; j'écris le nom, j'en fais un mot de quatre syllabes, mais je m'abîme à le comprendre; étrange éternité, qui tient dans un dictionnaire! Comment exprimer, en effet, ce qui dépasse toute expression? Comment définir ce qui n'a pas de limites?

Oh! que l'homme est petit au pied de cet Océan!

Où donc est sa grandeur ?

Dans le sentiment seul et dans l'aveu de sa faiblesse : reconnaître et mesurer son impuissance,
n'est-ce pas avoir l'idée d'une puissance supérieure ? — Aussi, l'homme ne s'abaisse-t-il en lui-
même, qu'à la condition précisément de se grandir
et de se réhabiliter en Dieu. *Je sais que je ne sais
rien,* disait Socrate : voilà le plus haut point de la
science humaine.

Il n'est rien en nous qui doive être surveillé de
plus près que la sensibilité, car il n'est rien de plus
spontané et qui soit plus près de l'excès. Ce qui
ne semble d'abord qu'une émotion légitime se
tourne bientôt en passion aveugle, en rage invincible, et nous courons à l'erreur et au crime, en
tenant, pour ainsi dire, la vertu par la main. Comment être sur ses gardes? Cette voix, qui part du
cœur, est si douce! N'est-ce pas au nom même de
la justice, de l'amour, de la pitié, de la liberté,
qu'elle nous sollicite et nous presse? Je voulais
plaindre, et voilà que je maudis; les misères du
pauvre ne m'attendrissent plus seulement, elles
me rendent implacable contre le riche; — les
souffrances de l'opprimé, inhumain contre l'oppres-

seur : je verse le sang par horreur du sang, et je deviens atroce par tendresse et par charité. La cruauté de Marat n'est guère, au fond, qu'une sensibilité pervertie, et les fureurs de Chalier que le sentiment profond, mais égaré, des douleurs du peuple. Passion étrange, qui nous rend insensibles à force de sensibilité, — passion terrible, qui mène à la folie, et n'a de limites que dans l'épuisement de l'âme et dans l'anéantissement des facultés !

L'âme a son courage bien autre que celui du cœur : l'un, tout physique, prompt, instinctif, involontaire, naît avec l'homme et tient à ses muscles et à sa chair, pour ainsi dire ; l'autre, celui de l'âme, réfléchi et soutenu comme la pensée, mais libre, éclairé, invincible comme elle, se développe avec l'âge et se fonde sur la conscience et le sentiment profond du devoir. Le premier fait le soldat, — le second seul fait le martyr.

La tristesse a sa pudeur comme la charité, — et l'on aime à cacher le mal qu'on souffre autant que le bien qu'on fait. — C'est que la douleur vraie se

10

suffit, comme la vraie vertu ; elle a son siége en nous-mêmes, au fond du cœur ; le bruit, le jour, l'éclat, tout ce qui distrait, la blesse et l'importune. Il n'y a que les fausses tristesses et les fausses charités qui s'étalent.

Les manières, chez certaines gens, ne sont
guère qu'une affectation et que la pruderie de
la vanité.

Les manières, chez certaines gens, ne sont

L'amour-propre est plus qu'un défaut, — on
dirait une *plaie* de l'esprit; il y a dans sa sensibilité quelque chose de douloureux et de maladif
Comment guérir l'amour-propre sans le toucher,
et comment le toucher sans le faire souffrir?

Qui se loue, même justement, nous dégag
du soin, toujours si difficile, de le louer nou
mêmes. Il semble que la vanité efface le mérit
et que l'homme qui dit du bien de lui, donn
aux autres l'envie et presque le droit d'en m
dire.

~~~~~~

Le monde est plein de petits Érostrates, pou
qui l'obscurité est un tourment, et qui préfèrei
les vices dont on parle, aux vertus dont on ne d
rien.

Nous n'avons guère d'énergie que dans l'excès,
— par entraînement et par *faiblesse*, pour ainsi
dire, — et ce que nous prenons, le plus souvent,
pour notre propre force, n'est que celle de nos
passions ou de nos intérêts. Il n'y a que les grandes
âmes qui soient fortes par elles-mêmes et qui le
soient complétement, parce qu'il n'y a qu'elles
qui se possèdent et sachent modérer leur force.

La superstition est la *manie* de la religion : il
semble que rien ne soit plus près de Dieu, — et
rien n'est plus loin. La superstition ne pénètre

pas dans le sanctuaire, — elle reste à la porte, et s'y consume en pratiques serviles, — comme ces domestiques de grandes maisons, qui n'approchent jamais du maître, et ne font qu'épousseter les meubles et frotter les appartements.

La mémoire, une certaine mémoire, revient avec les ans ; elle revient par le cœur ; le souvenir tient aux regrets. Il en est de la vie comme des pays de montagnes : les premiers plans échappent ; on ne voit bien que les hauteurs et les horizons.

Le temps, avec raison, fait deux parts des affections humaines : il affaiblit et fait oublier les dissentiments, les animosités personnelles, les souvenirs qui attristent, pour ne laisser place, à la longue, qu'aux pensées douces et qu'aux souvenirs qui consolent ; — l'homme ne vit pas de

rancunes, mais d'attachement et d'expansion ; il
cesse naturellement de haïr, mais il ne cesse pas
naturellement d'aimer.

Il y a comme deux espèces de mémoire : une
mémoire matérielle, organique, qui vient de la
tête, qui tient à une faculté, — et une mémoire,
morale, pour ainsi dire, qui vient du jeu de
toutes les facultés. L'une conserve les mots, les
faits, les dates ; l'autre en garde le sens et l'esprit :
c'est comme la mémoire de l'intelligence. La première est passive, et retient ; la seconde active,
et comprend ; celle-là n'est qu'un instrument, —
celle-ci doit être l'objet et la fin de toute éducation sérieuse, — car elle est l'homme même tout
entier.

Il semble que nous nous rappelions plus volon-
tiers nos peines que nos plaisirs. On souffre, en
effet, des plaisirs qui sont passés, — mais on

jouit des peines qui ne sont plus ; les premiers altèrent, par le regret, notre bonheur présent, — les autres l'exaltent par le contraste et le font mieux sentir. On dirait que la nature, dans sa tendresse, a voulu rétablir l'équilibre, et qu'en laissant à l'homme heureux les joies si vives de la réalité, elle ait gardé pour l'infortune les félicités plus douces et plus durables du souvenir.

L'ingratitude est plus qu'un oubli, c'est une aversion. Le cœur, dans les natures·basses, a d'étranges mystères : on dirait que ce que l'ingratitude retire à l'amour, elle l'ajoute à la haine, et que le bien fait aux méchants nous doive être payé comme un mal.

Reconnaître un bienfait, c'est se mettre au niveau du bienfaiteur.

Le bienfait n'est lourd qu'aux âmes faibles, il relève encore et grandit les âmes fortes.

« Monsieur, m'écrit quelqu'un, pourriez-vous me prêter cinq cents francs, dont j'ai besoin sur l'heure? » Cinq cents francs, non, — mais en voici deux cents, que je mets. de grand cœur, à votre disposition.

L'homme prend les deux cents francs, et me garde rancune du reste.

Que de gens, qui nous aimeraient peut-être, qui nous salueraient du moins, si nous ne leur avions rien prêté du tout!

LA JEUNE INCONNUE

(1840)

Il y a, dans la vie, de ces émotions vives, profondes, qui prennent l'âme à l'improviste, au saut
du lit, désarmée et déshabillée pour ainsi dire,
— et qui la pénètrent jusqu'à la moelle. Quelqu'un
vous dit un matin : « Voyons, le temps est beau,
quittons une bonne fois la ville, — et trêve, pour
un jour au moins, à toute affaire. » D'abord,
vous marchandez, vous n'êtes pas prêt : « Quoi!
s'en aller ainsi, au pied levé, sans être averti, —
sans être attendu peut-être? » On cède pourtant,
on fait sa toilette à la hâte, on cherche, en mur-
murant, ses gants, sa canne, son journal : la voiture avance, le marche-pied tombe, — et, fouette
cocher, vous voilà parti!

Mais la ville est avec vous, vous l'avez dans les yeux, dans les oreilles, dans vos moindres pensées : c'est un rendez-vous qu'on oublie, c'est une lettre qu'il fallait rendre : « Permettez, j'ai deux mots à dire. » Tout cela, quoi que vous fassiez, trotte et saute, à vos côtés, sur la route. Que ne met-on, bon Dieu, ses préoccupations sous la clef, comme on y met son linge, — comme Lope voulait qu'à certaines heures on y mît les règles.

Cependant les chevaux s'arrêtent : « C'est là, nous y sommes! » Les enfants accourent au bruit, et vous introduisent ; chacun s'empresse et se rapproche ; on se félicite, on cause, on se promène : « Savez-vous que cette maison est charmante? quelle exposition! quel site! comme tout, ici, est ménagé, disposé avec goût! vraiment ces jardins sont délicieux. » Mais quelle est cette jeune Inconnue, simple, rêveuse, touchante? — ces sites, ces jardins, ces fleurs, tous ces parfums, ce beau ciel, c'est elle qui les anime et qui vous les donne, — vous la voyez, vous la suivez, — il vous la faut pourtant.

« Quoi, déjà? Eh bien! notre homme d'affaires, que dites-vous de la campagne, à présent? — Et cette lettre? — Et ce rendez-vous? Si nous retournions à la ville?... »

Laissez-moi ; tenez : une hutte ici, au pied de ces bois, loin du monde entier, — et j'y reste.

« Avec la jeune Inconnue, n'est-ce pas? *simple, rêveuse, touchante!* et cette hutte, vous la ferez de vos mains? à l'entour, un foyer, — que sais-je? de molles châtaignes comme Virgile, — quelques chèvres éparses... Et *le carnet d'échéances?* ô poëte, — à quarante ans, êtes-vous fou? va pour ermite, — mais berger! »

Ni l'un ni l'autre. Je me sens triste et préoccupé, voilà tout; on peut l'être à mon âge. Et quelle lourde et triste chose, en effet, qu'un cœur dont on ne sait que faire! *A trente-cinq ans, j'aimais encore,* écrivait Montesquieu; l'eût-il écrit à quarante? A quarante ans, on tremble de s'interroger ; tout attachement paraît un crime, un ridicule au moins; et pourtant, si l'on est trop vieux pour plaire, l'est-on trop pour aimer? Si le sentiment a moins d'éclat, en a-t-il moins de tendresse? A cet âge, on arrête sa monture,

— on met le pied hors de la vie : ce qu'on reçoit n'est pas dû, c'est une aumône; quelque chose de timide et de reconnaissant se mêle à l'affection et l'embellit à son déclin.

Qu'est-ce donc que le sentiment, — et qui pourrait expliquer ses misères et toutes ses mélancolies? — Voilà deux existences qui se rencontrent et qui se croisent, une heure, un seul instant, dans la vie ; rien n'était prévu, préparé pour elles : c'est le hasard qui les rassemble, c'est la nécessité qui les sépare : hier, on ne se connaissait pas, — demain, peut-être, on ne se connaîtra plus ; et, là, entre la veille et le lendemain, entre cette heure et cette autre heure, dans cet espace insaisissable qu'on appelle un moment, il y a comme une impression durable, comme un attachement possible. Mais dans cette course rapide et folle qui nous emporte, à peine a-t-on le temps de se dire, en se touchant la main : Votre nom? « Et le vôtre ? » — On est déjà loin, et le nom tombe *sans avoir été retenu !*

Vous direz : le souvenir reste. Mais qu'est-ce que le souvenir, quand le fait est si fugitif? Pour

venir après, en vivra-t-il plus? Non, tout change
et meurt, même dans la vie; une émotion n'a
pas sa pareille, — un plaisir, son second; vous
échappent-ils, c'est fait d'eux pour toujours; *on
ne passe pas deux fois le même ruisseau,* disait
tristement saint Basile.

Allons, — prenons, il le faut bien, congé de
nos *hôtes;* la vie s'en va plus vite encore que
les cris! Voilà ta dernière affection, ton dernier
parfum : de tout ce que tu as aimé, que reste-
t-il? Qu'as-tu fait de ton enfance, de ta jeunesse,
de ton âge mûr? Que sont devenus ces joies
naïves, ces chagrins d'un jour, *ces longs espoirs,* et
toutes tes peines? « Laissons cela, me répondrez-
vous, et résignons-nous. » Mais le moyen? Ce sont
des amis qui partent, et qu'on ne peut quitter:
on dit : jusqu'au bout de l'avenue, — au premier
chemin, — à cette haie! l'avenue, le chemin, la
haie passent, — et l'on va toujours. Mon Dieu,
que de tristesse et de désappointements : devant
vous, la vie qui échappe avec ses espérances;
derrière. ... ah! ne regardez pas. Que la jeunesse a d'heureux jours et de ressources! une
passion s'envole, mais une autre accourt; le plai-

sir qu'on attend console du plaisir qui fuit : si la vie s'use, on la répare. Plus tard, ce qu'on perd ne se retrouve pas, — on dépense encore, mais on ne gagne plus ; on sent, ce que même on ne sentira pas longtemps, que tout s'écoule et finit ; on se noie en vue d'un beau paysage.

— Jouissons pourtant des dernières heures ; qui sait? Peut-être que le meilleur est au fond du verre!

C'est le propre d'un esprit supérieur, de ne rien faire à l'image des autres et d'imprimer à tout son cachet et sa personnalité ; il a beau se rapetisser, Dieu l'élève ; il est grand sans s'en douter, — parce qu'il ouvre les ailes ; quelle que soit l'humble fleur qu'il ait ramassée sur le sol, il l'emporte avec lui dans les cieux.

Il est des qualités qui se divisent, — avec lesquelles on transige, — qu'on prend à petite dose, en détail, — mais l'*exactitude* est entière et tout d'une pièce ; son caractère, précisément, c'est d'être *une* ; on peut se montrer plus ou moins attentif, plus ou moins sobre, plus ou moins économe ; on n'est réellement exact que d'une manière, — c'est tout à fait ou pas du tout.

Je conçois l'inégalité des conditions dans la société, comme je conçois l'inégalité des sons dans la musique, les uns forts, les autres faibles, mais liés, combinés, sympathiques, formant entre eux un tout et un accord complet. L'égalité n'est que l'harmonie ; sans inégalité, point de tons ; — sans égalité, point d'accord. La misère, dans le clavier social, est une note fausse et dérangée.

DE LA FORME DANS LE GÉNIE

LE POÈTE

Vous avez beau dire : il y a de tout dans le génie ; le génie, de sa nature, est encyclopédique ; il occupe l'échelle entière de l'intelligence et touche aux deux bouts par la pensée : c'est la pensée, dans sa puissance et sa profondeur, qui le caractérise et le constitue ; la volonté, les circonstances, l'habileté, le *travail*, ne décident que de son développement et de son expression. Les capacités exclusives, croyez-moi, n'appartiennent en général qu'aux esprits secondaires.

L'INGÉNIEUR

D'où il suit, selon vous, qu'on pourrait arriver à l'algèbre par la poésie, et commencer la prosodie par une règle de trois? Pour vous, comme pour certaines femmes de La Bruyère, *un maçon n'est point un maçon, c'est un homme!*

LE POÈTE

Je prétends, entendez-moi bien, — que l'unité et l'identité sont au fond des choses, — que tout communique *en Dieu,* — et qu'il est un point extrême où l'algèbre et la poésie, où Shakespeare et Newton se touchent. Bonaparte disait: *Si Corneille eût vécu de mon temps, j'en aurais fait un ministre;* Bonaparte avait raison. La nature crée le grand homme; le siècle et les événements le baptisent; suivant les nécessités d'un peuple ou d'une époque, la religion, l'art, la philosophie, la guerre, la science, l'industrie, la politique, évoquent le génie et lui donnent, tour à tour, l'expression qui leur est propre.

L'INGÉNIEUR

Je l'avoue, *votre génie* ressemble fort à ces *débitants* qui généralisent; on trouve chez eux, comme chez vous, — ce qu'on veut, — du café, du drap, du savon, des allumettes, mais tout est mauvais. Vous concevez un génie pour toutes les formes, propre à toutes les formes, — un César qui sera Michel-Ange, un Cromwell qui deviendra Dante ou Milton, selon la date et l'almanach; moi, je conçois, en même temps et toujours, tous les génies et toutes les formes; l'événement ou l'époque n'ont qu'à choisir : au XIIe siècle, c'est Abailard et les scholastiques; au XVIIe, Descartes et les Philosophes; — ailleurs, la politique, la conquête, l'art, dans leurs innombrables personnifications.

LE POËTE

Quoi! n'auriez-vous rien fait de Bossuet cent ans plus tard? rien de Voltaire cent ans plus tôt? n'y a-t-il pas quelque *cousinage* entre Luther et Mirabeau?

L'INGÉNIEUR

Je ne dis pas cela : je crois qu'il est des esprits puissants, que rien ne limite, — qui crèvent tous les habits et toutes les formes ; mais je crois aussi qu'il y a, pour ceux-là même, une *vocation spéciale,* qui vient au monde avec eux et par laquelle ils pénètrent, pour ainsi dire, toutes les idées et toutes les choses : le poëte s'ouvre la science par son côté poétique ; — le savant, la poésie, par son côté rigoureux. Tout se tient, au fond, pour moi comme pour vous ; j'admets pourtant la suprématie ou plutôt la nécessité de la forme. La nature est *une,* — le génie est *un;* mais il l'est surtout au moyen d'une aptitude spéciale, d'un organe particulier presque; c'est par là qu'il *voit.* Corneille n'eût pas moins été *bon ministre,* mais il était *meilleur poëte,* — Luther et Mirabeau, moins *cousins,* — mais à distance, et à leur rang de bataille. Je rejette, comme vous, les capacités, en tant qu'étroites; je comprends les têtes vastes, encyclopédiques, — avec un grain de personnalité pourtant. Mais je me défie de ces génies, comme de ces jeunes filles qui s'offrent *pour tout faire,* — qu'on met à toute sauce, — qu'on fait ingénieurs ou poëtes, académiciens ou ministres : j'ai toujours peur qu'on ne finisse par leur faire cirer mes bottes.

— On souffre quelquefois plus de ses défauts
que de ses vices, — et l'avarice, au point de vue
matériel, nuit moins que la prodigalité.

~~~~~

— La toilette ne va point à la vertu. Simple
ouvrière, la vertu n'a de grâce qu'au travail, dans
son allure et ses habits de tous les jours; endi-
manchée, rien n'est plus gauche et plus gêné
qu'elle. Pourquoi la parer? La vertu qui se pare
se défigure : ce n'est déjà plus la vertu, c'est la
vanité.

~~~~~

— Pour se faire un nom dans le monde, il
faudrait presque commencer par en avoir un.

— Le succès n'a qu'un jour : la veille il atta-
quait ; il est attaqué le lendemain.

FAMILIARITÉ

— N'est pas familier qui veut; n'a pas, qui
veut, ce tact exquis, ce sentiment délicat des
convenances, qui donne aux choses leur rang,
leur valeur propre, — et qui nous fait trouver
notre place dans la juste appréciation de celle des
autres.

Il y a comme trois familiarités principales:
familiarité *de peau*, si je puis dire; familiarité de
cœur; familiarité d'intelligence.

La première vient d'en bas, — d'ignorance et
de grossièreté. A celle-là, rien n'impose, — parce
qu'elle ne sent rien, — ni la science, ni la beauté,

ni la fortune, ni le talent. Curieuse, triviale, indiscrète, elle gêne : on la repousse ; elle revient, elle se glisse, elle est sur vous, — *on la gagne.* Il faut qu'elle dise : Cuvier, Chateaubriand, Béranger, que j'ai vus. Qu'elle a vus ! Comment? de ses deux yeux, — et comme on voit, tout au plus, le puits de Grenelle ou la place de la Bastille.

Il est une autre familiarité, — aimable et simple fille, — née de la bienveillance et du sentiment ; familiarité qui touche et persuade, — devant qui tombent tous les rangs, toutes les barrières, toutes les gloires, — qui prend l'homme au centre, dans ses affections, — qui rétablit l'égalité par le cœur, — et qui, pour se faire accueillir, n'a besoin que *d'aimer.*

La troisième, la grande, vient d'en haut : c'est le génie qui la donne ; — ce sera celle, si l'on veut, de Napoléon et de Mirabeau. — Celle-là pénètre partout d'autorité, en se jouant, sans qu'on l'annonce. Elle frappe sur l'épaule à la science, à la poésie, à la beauté, à la gloire, et leur dit: *Je couche avec toi ce soir.* Familiarité puissante, maî-

tresse d'elle, qui va d'un homme à tous les autres,
— qui flatte et retient ; familiarité qui descend, —
mais que personne ne remonte.

On croit s'assurer l'affection des enfants en cédant à tous leurs caprices, — et l'on ne s'assure ainsi, à la longue, que leur mépris ou leur indifférence. Rien n'est plus ingrat qu'un *enfant gâté*, parce que rien n'est plus égoïste. On attend de lui de la reconnaissance : à quel titre ? La reconnaissance est une dette, — et l'enfant gâté ne doit rien ; tout lui est dû, au contraire, — ses exigences sont des droits. Étrange erreur ! pour gagner l'enfant, on le déprave, — et l'on s'étonne ensuite qu'il paye avec ses défauts. Le cœur, sachons-le donc, ne s'attache point par ses vices, mais par ses vertus, — par ses côtés faibles, mais par ses côtés forts ; voulons-nous qu'on nous aime ? Faisons qu'on nous respecte ; soyons

tendres, indulgents, — mais fermes aussi : tendres, pour comprendre et pénétrer le cœur, —
fermes, pour le régler. Si le respect n'est pas
l'affection, il la commence et la soutient ; il donne
aux inconstances naturelles du sentiment toute la
puissance et toute la durée d'un principe.

Si les grands dévouements sauvent le monde,
les petits dévouements le font vivre. Les grands
dévouements sont faciles ; c'est le dévouement
continu, qui est rare : dans les circonstances so-
lennelles, la grandeur du théâtre, l'excitation des
événements, l'étendue et l'éclat du sacrifice,
nous précipitent à notre insu ; — mais ce dévouement limité, *raisonnable*, obscur, qui n'est
point un martyre, qui se connaît et s'accomplit
comme un devoir, qui fait le bien pour le bien,
sans entraînement extérieur et sans retour, —
celui-là, où le trouver, je ne dis pas aujourd'hui,
mais demain encore ?

Le monde n'a d'yeux que pour ce qui coûte
cher ; il faut que ses admirations lui viennent de

loin, comme ses cachemires. Quant à ses étoffes simples, habituelles, qui servent à un peuple entier, qui couvrent à la fois son lit, sa table, sa personne, — qui les regarde? serait-ce des *vertus* par hasard?

SUPERSTITIONS

La superstition est fille de l'ignorance et de la faiblesse d'esprit. Elle règne et domine surtout aux deux bouts de la vie, dans l'enfance et dans la vieillesse ; à mesure que la raison *monte*, elle se dissipe, comme ces brouillards qui précèdent le lever du jour et reparaissent à son coucher. Ce n'est pas l'intelligence, en nous, qui est superstitieuse, c'est la chair, — et l'homme croit aux présages, aux miracles, aux pressentiments, non pas parce qu'il raisonne mal, mais parce qu'il n'ose raisonner.

Les têtes faibles sont superstitieuses en tout temps, c'est leur nature ; il en est d'énergiques, qui le sont par moments, dans l'infortune ou le danger : c'est qu'alors l'intelligence abdique et fait

place aux ombrageuses suggestions de l'instinct.
L'âme a, comme le corps, sa sensibilité maladive;
en certains cas de tristesse et d'abattement, de
crainte ou de péril, elle ne raisonne plus, elle
sent, — et sentir, pour elle, à cette heure, c'est
souffrir : un malheur me menace? tout le prédit
aussitôt; c'est une salière qu'on renverse, c'est
un corbillard qui passe, c'est un *treizième* con-
vive qui, sans être attendu, s'asseoit à mes côtés.
Hier, j'aurais ri de toutes ces rencontres, — j'en
ai peur aujourd'hui; pourquoi? parce que ma
situation est changée : j'étais calme, — je suis
inquiet, voilà tout; la moindre brèche à ma tranquillité en fait une à ma philosophie. La plupart
des esprits forts, disons-le, ne sont guère que des
esprits froids, — et le grand logicien, c'est l'indifférence.

Le présage n'est donc pas hors de l'homme, il
est dans l'homme; c'est lui, c'est son imagination
égarée, qui donne aux objets leur figure sinistre
et leur valeur de mauvais aloi; son émotion
intérieure se communique et passe aux choses du
dehors, les anime et les fait parler. Il s'établit ainsi
entre elles et nous, entre le monde et l'homme,

une relation douloureuse, qui associe la nature
à toutes nos angoisses et nous fait trouver des
signes vivants, des révélations, des pronostics, où
il n'y a que matière inerte et qu'insensibilité.
Toutes les *sybilles* sortent de là. En Thrace, en
Thessalie, dans ces pays de montagnes et d'ignorance primitive, les superstitions varient avec les
saisons : pendant l'hiver, époque de troubles et
de commotions physiques, le Thessalien croit aux
Vampires, au mauvais œil, aux sortiléges; l'hiver
passé, tout s'éclaire et se rassérène, l'imagination
comme la nature, — et la raison et le bon sens
reviennent avec le printemps. Voyez le pêcheur
Napolitain : le ciel se couvre-t-il? il court à sa
Madone, il l'implore à genoux, il lui fait les plus
beaux serments; le péril éloigné, Madone, serments, prières, tout fuit avec l'orage à l'horizon.
Pour beaucoup, la superstition, la religion même
n'est qu'une peur.

Ce qui est vrai de l'homme l'est également des
peuples. Les peuples ont, comme l'individu, leur
enfance et leur vieillesse, leur âge de croissance et
de décrépitude : à Rome, sur la fin de l'Empire
et dans sa corruption, les superstitions se multi-

plièrent ; l'Égypte, la Perse, inondèrent l'Italie
de leurs magies et de leurs folles doctrines. En
France, au commencement du moyen âge, la
superstition se répandit et s'installa partout avec
la barbarie ; le *jugement de Dieu* remplaça le
jugement de l'homme, — et le hasard, et les
sorts, et la divination se substituèrent à la justice
et à la vérité. La foi est toujours quelque part :
quand l'homme ne croit plus à sa science, il
croit à celle du Diable.

Il n'est pas de plus grand logicien que le vice. Le vice a toujours ses raisons; il ne se montre jamais qu'escorté d'un principe; l'instinct se soulève-t-il? il le calme et le rassied d'un mot; il tue le cœur avec la tête. *Le peuple souffre,* disaient les grands seigneurs, au temps de Forbonnais, *mais il n'est pas bon que cette sorte de gens soit à son aise.*

Le peuple souffre : voilà la nature et le cœur; *il n'est pas bon :* voilà la logique et la tête! La conscience, dans sa simplicité, a l'horreur du vice et le repousse : mais comment résister à la majesté d'un principe? on s'incline, on se tait, on se soumet, — et *le peuple souffre* toujours. Oh! que l'homme est facile à tromper et qu'il aime à l'être!

Ce juge austère qu'il porte en lui, que Dieu lui a
donné pour gardien, il le distrait et l'amuse,
comme un enfant, avec un conte en l'air ou
quelque joujou.

Vous connaissez un homme d'esprit, m'assurez-
vous, qui parle admirablement quand on ne le remarque pas, — et qui s'intimide, hésite, balbutie,
du moment qu'on fait silence et qu'on a l'air de
l'écouter. Pourquoi rire! Montesquieu cite une
femme, *qui marche assez bien*, dit-il, *mais qui
boite dès qu'on la regarde*. C'est qu'il est des natures délicates et virginales, pour ainsi dire, qui
gardent toujours en elles les pudeurs et les émotions de l'enfance; nées pour l'ombre, le grand
jour les effraye; tout art les paralyse ou les guinde,
— leur spontanéité fait leur grâce : pour être
libres, il faut qu'elles s'oublient, et pour se posséé-
der, qu'elles s'ignorent. Natures, mobiles à la

surface, — qui ne sont pas moins fixes au fond,
mais qui le sont, comme l'aiguille de la boussole,
en tremblant sans cesse sur leur axe.

— Rien n'est plus faillible et plus borné que
l'intelligence, — et rien ne l'est moins que la raison. On ignore les choses, souvent parce qu'on ne
peut les connaître; on ne s'ignore soi-même que
parce qu'on veut bien s'ignorer. La raison est toujours présente et toujours acquise, pour ainsi dire;
elle n'est pas une science, c'est surtout une volonté,
Aussi, l'homme doit-il compte à chacun de sa conduite, et ne le doit-il pas de son savoir; il peut être
un prodige par l'intelligence; mais il n'est *un homme*
que par la raison : c'est elle qui le constitue, c'est
par elle qu'il touche à Dieu, parce que c'est par elle
seulement qu'il se *voit*, qu'il se juge. qu'il se règle.

qu'il se possède. Si la loi morale est la première de toutes les lois, le plus sage de tous les hommes en est aussi le plus grand.

— Si le principe de l'égalité ne s'expliquait à l'esprit par le droit, au cœur par l'amour et la charité, il s'expliquerait encore par la pitié : qu'est-ce que l'homme, en effet, dès qu'il s'enfle et se croit quelque chose ? Oh! le puissant seigneur, qu'un rhume négligé ou qu'un anévrisme emporte! Aujourd'hui, l'univers est trop petit pour cet Alexandre, — mais demain, dans quel coin perdu trouverez-vous sa tombe? Ses amis même l'ont oubliée. Vue de mille pieds de haut, la terre s'affaisse et s'aplatit à l'œil, ses inégalités, cependant, apparaissent encore ; mais le prince et l'insecte, à cette distance, tâchez donc de les découvrir sous l'herbe? Rien n'est plus petit que l'orgueil, parce que rien ne mesure mieux la petitesse de l'homme :

l'homme élève de pompeuses pyramides, — et ce sont des tombeaux ! Il conquiert le monde, — et il meurt abandonné sur un misérable rocher ! Ce cercueil est de bois, mais il le préfère de plomb ; cela dure plus, pense-t-il : *durer* jusque dans la mort, — éterniser son néant, — voilà son ambition et sa gloire. Ah ! que l'homme efface tant qu'il voudra l'*égalité* sur ses murs, Dieu l'inscrit chaque jour, d'une main terrible, sur sa vie même et dans ses misères. Il n'y a de grand en lui que la grandeur de l'âme, — et celle-là, précisément, est le contraire et l'ennemie de la vanité.

— Il y a quelque chose d'étrange dans l'homme :
quand il *désire* avec sa tête, rien ne suffit à son
ambition et n'est assez grand pour lui : désire-t-il
avec son cœur? rien n'est assez petit, au contraire;
le bruit et l'éclat lui déplaisent ; il lui faut l'ombre,
la simplicité, je dirais presque, la pauvreté. —
C'est là le caractère divin et la beauté du cœur,
pour ainsi dire ; il tient, comme Dieu, tout entier,
partout, il n'a d'autre aliment que lui-même, il vit
de sa flamme et de son essence. La terre, on le
sait, était trop étroite pour Alexandre, et l'enceinte
du Paraclet trop vaste pour Héloïse. Tout ce qui
concentre, en effet, le sentiment, le fortifie, et tout
ce qui l'isole, l'épure : voilà pourquoi la retraite,
la solitude, la médiocrité, les humbles et simples

demeures, plaisent tant à ceux qui aiment. La tête et l'ambition conquièrent et s'approprient, — mais le cœur se donne ; sa grandeur est dans son abnégation.

— Beaucoup de gens n'ont guère que le *mérite* de leur opulence. Leur mérite est à eux, comme leurs meubles sont à eux ; cela s'acquiert et se perd ensemble. Chose étrange, et qui plaît cependant à la vanité : on loue, on admire un homme dans tout ce qu'il n'est pas, dans le luxe de sa maison, dans la somptuosité de sa table, dans le nombre de ses chevaux et de ses domestiques, dans l'étendue et la beauté de ses jardins. — Mais, lui, qu'est-ce donc ? lui ? — c'est *l'acquéreur* de ce beau domaine, c'est *le propriétaire* de cet hôtel élégant, c'est *le maître* de tout ce monde. Son nom même, on le voit, ne lui appartient pas.

Considérez cette améthyste : elle est pâle, sans feux, sans pureté, presque sans valeur ; eh bien !

qu'un habile joaillier la monte et l'enchâsse avec goût : le joli bijou ! s'écrie-t-on. Et, pourtant, qu'est-ce que la pierre, — et qu'est-ce que l'homme, sans la monture ?

— Quelqu'un me mène à sa campagne, et me dit : — Vous voyez, c'est un trou, un méchant pied-à-terre, — à peine y peut-on loger ; mais le pays est délicieux.

Ainsi d'un grand nombre de riches : le riche n'est souvent qu'un méchant *pied-à-terre,* dont les *environs* sont charmants. Son mérite n'est pas en lui, mais autour de lui.

— Souvent, il m'arrive de prendre un livre pour me distraire, — et bientôt ce livre me fatigue. Que je le prenne comme objet d'étude et *pour travailler*, il me plaît et m'attache aussitôt : Ainsi, l'ouvrage qui devrait m'amuser m'ennuie, et celui qui devrait m'ennuyer m'amuse. Chose étrange! je ne puis avaler un volume, — et je dévorerais des bibliothèques.

Disons-le : tout ennuie, même le plaisir, surtout le plaisir. D'où vient donc que le travail n'ennuie pas? Le goût du plaisir passe et s'épuise, mais le goût du travail ne s'épuise jamais; il semble même se reproduire et se raviver par l'usage. Pourquoi cela? c'est que l'homme est fait pour le travail; le travail est dans sa nature, il est sa nature; l'homme travaille comme l'oiseau vole : l'oiseau vole pour saisir sa proie, l'homme travaille pour saisir la sienne, cette proie de l'âme, la vérité ; c'est par là qu'il apprend, qu'il découvre, qu'il crée, qu'il se possède et se connaît. Tout, en nous, travaille et concourt, l'oreille par le son, l'œil par la lumière, le poumon par l'air, le cœur par le sang, le cerveau par la pensée, — et vivre, réellement, n'est que travailler. De là cette satisfaction intérieure que donne le travail, et qui résulte, pour tout être, de l'accomplissement régulier de sa loi. Cette loi, cette satisfaction intérieure, l'oisif les ignore ; l'oisif porte en lui des trésors et des forces qui se perdent faute d'emploi ; c'est un arbre debout, mais dont la séve ne circule pas.

Le génie a son crépuscule comme le jour : après qu'il est disparu, et sous l'horizon, il éclaire tout encore d'une immense et douce lumière.

Ce que j'admire, avant tout peut-être, dans le génie, ce n'est pas sa beauté, — c'est sa jeunesse. Le génie est toujours nouveau ; pour lui, pas de sentiers battus : où tout le monde a passé et marché, il ouvre un frais sillon et ravive le sol. Merveilleux ouvrier ! il ne féconde pas la terre seulement, il la rajeunit sans cesse.

Ce qui caractérise le génie, c'est l'action dans l'intelligence. — Le génie ne consiste pas moins à vaincre les événements, qu'à les comprendre : tous les grands hommes, comme Alexandre, ont coupé le nœud gordien et fait violence à la Pythie.

Ce qu'on prend pour de la résignation, n'est
bien souvent que de l'insensibilité. Quelle force
d'âme! dites-vous. Dites plutôt : quelle faiblesse et
quelle insouciance! Est-ce une force, que de ne
rien sentir? une vertu, que de ne rien aimer? Ces
natures sont calmes, — pourquoi? parce qu'elles
sont indifférentes ; elles ne supportent pas la douleur, elles lui échappent. Êtres privilégiés, si l'on
veut, — heureux même, j'en conviens, — *qui se
résignent à la Providence,* comme Candide, — et
vont passer, au besoin, leur carnaval à Venise.

La sagesse, qui devrait être une vertu, n'est pour beaucoup, qu'une science : trésor énorme, qu'ils grossissent sans cesse, comme les avares, — mais dont ils n'usent point, — contents de se savoir riches, sans jamais jouir de leurs richesses. Personne ne sait mieux qu'eux ce que vaut la vanité, et personne n'en a davantage, — le désintéressement, — et personne n'est plus âpre au gain, — l'égalité d'âme, et personne n'est plus bizarre et plus capricieux ; ils dissertent admirablement sur l'urbanité, et n'ôtent leur chapeau qu'avec peine, quand ils vous rencontrent ; gens, tout de luxe au dedans et de misères au dehors, dont la *Caisse* est pleine, — et qui n'ont pas un sou *dans leur poche.*

Où ma Raison cesse, où je ne comprends plus,
— je ne crois pas, — *j'espère*. Espérer, voilà ma
foi ! toutes les religions ont changé ; on les a con-
testées, démenties, — mais toujours au nom d'une
autre, supérieure à elles. Il en est une, en effet, à
laquelle tous les siècles et tous les peuples ont tra-
vaillé, qui fait le fond et l'âme de toutes les doctrines, et dont vit l'humanité ; c'est à celle-là que
je m'attache ; ce qu'il y a de vrai, d'impérissable,
de divin dans le christianisme, je l'y place, — et
je l'y agrandis encore. Que m'importe son nom?
c'est une *interrogation*, comme disaient les Juifs.

Si Dieu n'existait pas pour les hommes, — il y aurait toujours un Dieu pour les mères.

~~~~~~

C'est par le sentiment et par l'amour, surtout, que nous touchons à Dieu de plus près, et que nous sommes prêtres véritablement.

L'homme est pauvre, il est riche ; il est beau, il est laid, il a de l'esprit, il en manque ; il change et diffère dans chacune de ses situations, — mais il est également vain dans toutes, — et quand il ne peut plus s'enorgueillir de sa gloire et de sa fortune, il s'enorgueillit de ses défaites et de ses malheurs ; une humiliation l'abaisse, — dix humiliations le relèvent. « Pour moi, dit Cyrano dans le *Pédant joué*, j'affecte, à tout prix, le titre de Grand : grand menteur, grand ivrogne, grand sot, il ne m'importe, dès que cette épithète m'empêche de passer pour médiocre. » Du plus au moins, n'est-ce pas là l'homme, — acceptant tout, même l'infortune, pourvu qu'on en parle? la pire de toutes les laideurs, à ses yeux, est celle qu'on ne remarque pas.

LA TRIBUNE

La Tribune est un peu comme *l'échelle de Deli-
gny*, à l'école de natation : il y a des orateurs qui
ne se *jettent* pas, mais qui tombent, et donnent ce
qu'on appelle des *plats-ventres ;* il y en a, — de
plus légers, — qui amusent la galerie par des gen-
tillesses et des cabrioles ; il y en a qui font métho-
diquement leur discours et leur œuvre, comme on
fait *son bassin*, pour la satisfaction de leur conscience et de leurs commettants ; il y en a, ce sont
les Nouveaux, les écoliers de l'année, qui montent
au haut de l'échelle, mesurant des yeux le gouffre,
— et descendent aussitôt, sans oser se risquer ; les
grands orateurs et les grands nageurs sont rares,
et ne se montrent qu'à certains jours privilégiés ;
on ne les vante pas, — on les nomme, et cela

suffit, — on dit simplement : Samedi dernier, Ber-
ryer, Thiers, Odilon-Barrot, Dufaure, Montalem-
bert, étaient à *l'École* et à la Tribune.

DE QUELQUES PROCÈS

— On a dit : *l'homme veut être jugé ;* et l'on s'est mépris, dans le sens absolu, du moins, qu'on attache à ce mot. Au fond, ce n'est pas le jugement que cherche le plaideur, mais le *bénéfice* du jugement ; il veut l'*emporter*. C'est toujours la loi du plus fort. Seul, je ne puis rien : mettons-nous deux. Chacun, plus ou moins, voit un second dans son juge. C'est que l'homme qui plaide n'est pas libre, — l'intérêt et la passion l'aveuglent. On dira que la justice et la religion sont jumelles, que l'autel est un tribunal, — qu'avant les rois, les peuples ont eu des *juges*, et que commander, après tout, c'est juger. Mais qu'est-ce que cela prouve ? Sinon, que la passion est aussi vieille que le monde, aussi vieille que la religion et que la justice.

Tout procès est une passion en action ; c'est la passion *légalisée*. Pour qui n'en voudrait qu'au droit, seul et nu, à quoi bon plaider ? Quelles opinions, si intraitables, ne finiraient par s'entendre ! La réflexion, l'examen, la conscience, n'est-ce pas le meilleur arbitre ? Oui, mais cet arbitre, ce *verbe*, que tout plaideur, venant au monde, porte en soi, — qui s'en soucie, qui le consulte ? C'est que, pour la plupart de nous, ce juge c'est nous-mêmes ; c'est Pierre, Paul, Charles, Philippe ; on sait d'où il vient, ce qu'il a, ce qu'il est, — à quelle heure il dîne, sur quelle herbe il marche ; ce juge intime a ses infirmités secrètes et avouées, ses maladies, ses misères de toute espèce ; il est boiteux, il est borgne ; il a chassé, braconné, fureté chez le voisin ; — et vous voulez que cela nous juge ?... *Allons à d'autres dieux !* Voilà le cas qu'on fait de la conscience. Le ciel nous l'avait donnée pourtant, en vue des procès et des frais de justice.

Il y a trois sortes de plaideurs, entre mille : on plaide pour son droit, en équité, — cela s'est vu ; on plaide par ignorance ; on plaide par passion.

Il y a des esprits fermes, probes, élevés, que l'injustice révolte, *même en ce qui les touche*, — qui

ne cèdent pas d'une semelle, n'importe le scandale
et l'ennui, — qui plaident avec désintéressement,
avec conviction, pour le principe, — qui disent,
comme Alceste : *J'aurai le plaisir de perdre mon
procès.* Mais combien sont-ils, et comment les appelez-vous ?

Il en est d'autres, la seconde espèce, chez qui
le sentiment du devoir et du droit est à peine
ébauché. Les habitudes, les intérêts, les procureurs
ont tout obscurci : ce n'est pas l'homme encore,
ce n'est plus la bête, — c'est la brutalité, la cupidité, la stupidité, avec une tête d'homme, — *Ca-
libans* tout crachés.

Les derniers et les plus nombreux se placent et
s'étendent entre ces deux extrêmes. Ceux-ci ne
pèchent point par ignorance et grossièreté ; ils ont
l'intelligence, — avec quelque chose au milieu,
la passion, qui l'aveugle et la neutralise. Dans ces
conditions, le procès n'est point un débat, mais
une vengeance et une guerre, — on ne veut pas
gagner seulement, mais faire perdre, — vaincre,
mais tuer. Vous avez des cœurs ardents, des âmes
stoïques, qui ne plaisantent pas là-dessus : *le mur
mitoyen,* pour elles, se transforme et s'incarne ; il

vit et marche, — il est là, jour et nuit, avançant, grandissant, empiétant sans cesse. A ce point, le mur n'est plus cette clôture simple et commode, qui dit : voici votre place, et voici la mienne; — cet échafaudage de briques et d'argile, qu'une main légère aligne et assujettit, c'est un retranchement, une fortification, une menace. Ne parlez pas à cet homme de capituler; il se ferait sauter plutôt! Que nous dites-vous? Socrate expire pour ses convictions, Régulus pour son pays, Caton pour la liberté; — et lui donc? Ne meurt-il pas pour un principe aussi, pour une liberté, — la liberté du mur mitoyen! L'antiquité n'a rien de mieux. Ce mur l'empêchera de dormir : il s'éveille en sursaut, il écoute, il entend un bruit de truelle; c'est le mur! Notre homme saute à bas du lit, vole à sa fenêtre, l'ouvre avec précipitation; rien! Tout est calme. Cependant le mur lui semble plus haut, — il doute, il descend trois étages, — il compte les assises, il les compte encore, — et remonte, étonné, chez lui.

Le procès est un duel en règle, avec le défi, le terrain, les témoins, les armes : on avait le pistolet et l'épée; on a l'avoué, l'avocat, sans compter les

autres... Choisissez : cela se mesure et s'affile ;
cette lame n'est pas bonne, prenez celle-ci ; on se
fend, on attaque, on riposte, on tire l'un sur
l'autre, à trente pas, à quinze, à portée d'avocat.
La loi, par horreur du sang, proscrit le duel ; elle
lui lie les pieds et les mains, elle brise son épée ;
mais elle lui a laissé la bouche libre, et c'est par
là qu'on se saisit. Le besoin et les mœurs existant,
il fallait y accommoder l'institution : on a créé l'arbitre et le juge ; c'était mettre, le plus souvent, une
passion entre deux autres : vous dites *blanc,* je dis
noir ; le juge arrive qui dit *rouge ;* et vous êtes
d'accord ! Comment cela? C'est le miracle! Juger
n'a pas été donner raison, mais donner tort, —
examiner, mais décider, — résoudre, mais tran-
cher ; c'est-à-dire qu'il a fallu, d'abord, une force,
une autorité, un gendarme ; le jugement n'est venu
qu'après, et comme il a pu. Deux hommes se
battent : Arrêtez! A la garde! Voici la justice! La
justice accourt ; elle crie, elle tonne, elle menace ;
personne n'écoute ; elle frappe, assomme ; le combat cesse, et tout le monde est content. Est-ce *un
jugement* qu'on demande? Non, ce sont des coups.
— Elle le sait bien.

Il y a des juges entre les juges, — des spécialités, — des juges qui *concilient*, comme on dit, ou plutôt qui partagent. Ce n'est pas le droit qui les occupe, mais l'accord : vous prétendez que cette huître est à vous ; Monsieur soutient qu'elle est à lui : à qui est-elle ? Notre spécialité la prend, l'ouvre, et vous en donne à chacun la moitié. N'est–ce pas mieux que de l'avaler ? Que de progrès depuis la fable ! Mais la justice ? direz-vous. — Qu'importe, pourvu qu'on vive et qu'on soit tranquille ; c'est la tranquillité qu'il faut, — et les juges la donnent : *solitudinem faciunt, pacem appellant.*

DE CERTAINS DEUILS

— La douleur vraie s'est vêtue de noir, — et
cela s'explique : à ceux qui gémissent et qui
souffrent, le jour, le bruit, la couleur, tout est à
charge; il faut le silence et la nuit. Le deuil extérieur, c'est un reflet, — et comme l'*ombre portée*
de la mort.

Cependant, ces peines si vives, si profondes, si
noires, s'éclaircissent insensiblement; un rayon y
pénètre en glissant, — puis deux, — puis le grand
jour, — et c'en est fait! Que le souvenir, désormais, se charge du reste. Cette décroissance naturelle et nécessaire des regrets, on l'a traduite dans
la forme; il le fallait. Des hommes se sont trouvés
là, tout exprès, qui, prenant la douleur par les
deux bouts, pour ainsi dire, l'ont comme déployée,

mesurée, et tendue à quatre épingles. Grâce à eux,
l'on est parvenu à fixer la qualité du chagrin tout
aussi sûrement que celle du drap; il y a eu une
loi commune, uniforme, un code invariable : tant
pour un frère, tant pour une sœur, tant pour un
époux. Distinguons pourtant : les afflictions, partout, n'ont point été tarifées de même; chaque
place, presque, a eu son deuil, comme elle a sa
mercuriale; il y a eu pères et pères, comme il
y a flanelle et flanelle; cela tient au terroir, aux
distances, au marché, au tour de main. D'où il
suit que c'est une économie réelle, un bénéfice,
pour qui perd son oncle à Toulouse, de l'aller
pleurer à Paris, — bénéfice de change et d'agio!...
Vous riez? Et pourtant, que de cœurs rigides et
inflexibles là-dessus! Que de consciences qui ne
transigent pas, — qui savent juste, au bout de
l'ongle, ce que doit durer un deuil, ce qu'il coûte,
ce qu'il faut d'étoffe, — quelle forme précise aura
la robe ou le bonnet, quelle hauteur le crêpe!
Pas une ligne de plus, pas une ligne de moins;
— vous entendez : tel jour, — non pas hier, non
pas demain, — mais le cinquantième ou le soixan-
tième fixe, à telle heure, ces âmes tristes et

dolentes baissent leur douleur d'un cran, et la
règlent comme un compteur : pour elles, le deuil
a deux saisons principales, deux solstices, — le
noir et le gris; et dans ce noir et ce gris, une
infinité de nuances et de gradations où se perd
l'œil le plus exercé; leur douleur décroît réguliè-
rement comme la lune : elle a son premier, son
dernier quartier; elle est en *conjonction*, en *opposition;* elle pourrait être en éclipse. Dites encore
que cela n'est pas bon, — et que l'égalité, cette
grande loi morale, n'est pas dans la mort!

STELLO, DE M. DE VIGNY

(1839.)

— Il y a dans ce livre, comme dans tous les livres, deux choses : la forme et le fond. Dans celle-là, de la délicatesse, de la grâce, de l'art à profusion ; — l'autre, fausse, sceptique, décourageante, — *despair and die !...* Fermez le livre, et tâtez-vous ; que vous reste-t-il ? Du dégoût, une invincible incapacité de toutes choses. Est-ce donc la peine de bien écrire ?

Chacun, après tout, fait les autres à sa taille, et les peint comme il les voit : la vie est grande et forte pour une âme forte, — petite et misérable pour une âme faible. Il y a cent manières de juger le monde ; mais tout dépend de la lunette. Le génie n'a jamais douté de l'humanité, pas plus que de lui-même : reléguez Camoëns dans un coin perdu des Indes, — faites-le mourir de faim, si vous voulez, dans son pays même et à l'hôpital, — et demandez-lui, si vous l'osez, de renier sa mission et sa foi !

Il n'y a, dites-vous, de place pour le poëte sous aucun gouvernement : de là vos trois types. Pourquoi trois? Le gouvernement absolu a cent faces comme le constitutionnel, comme le républicain : quelle distance de Louis XIII à Louis XIV, — et de Louis XIV à lui-même? Notre *charte* vient-elle d'outre-Manche, — notre République, par la route d'Athènes ou de Sparte? Et dans l'espèce, est-ce que le gouvernement du *Comité* fut *une forme?* C'était, et tout le monde le sait, un moyen prompt, violent, exceptionnel de révolution, — rien de plus! — Robespierre, était-ce donc la *République?* Juger la Révolution dans un cabinet et en pantoufles, quelle idée! Vous n'avez là qu'une partie de l'homme, et la plus petite. — Est-ce qu'on est, à toute heure, le même? Est-ce que Danton était chez lui ce qu'il était à la Convention? Les circonstances nous font et nous expliquent : voulez-vous juger l'homme public, ne lui tâtez pas le

pouls dans son lit ; mettez-le sur le feu, et faites-le
bouillir.

Ce n'est ni Robespierre, ni Saint-Just, ni le Comité qui ont dressé la terreur et la guillotine ; —
la guillotine, — petit instrument qu'on tient sous
clef, n'est-ce pas, avec sa boîte et la manière de
s'en servir? Monsieur Robespierre la prend un
beau jour, — souffle dessus, l'essuie et la plante,
comme autre chose, au milieu de la place publique.
— Le Peuple, ce vieil imbécile, comme vous l'ap-
pelez, accourt, — compte : une tête, dix têtes,
cent têtes, mille têtes qui tombent, — et, la pièce
finie, sort sans payer, les mains dans les poches,
en sifflant un air ; n'est-ce que cela, charmant auteur? Et pour qu'un pareil instrument soit debout,
pour qu'il fonctionne à la face d'un peuple comme
le nôtre, et d'un peuple en révolution, s'il vous
plaît, — ne faut-il pas à cela quelque *raison suffi-*
sante, quelque cause énorme et secrète, que vous
ne dites pas, — quelque entraînement puissant,
fatal, plus fort que l'échafaud même? Réponse,
cher docteur. Ah! ne me parlez pas de ce sang, —
il m'épouvante ; mais ne me dites pas non plus
qu'il n'a dépendu que d'un homme de le verser :

si l'homme était si haut, l'humanité serait bien bas. Parlez-moi des passions, des vengeances, des irrésistibles emportements, de cette folie de la guerre civile et des révolutions ; faites du bourreau, non un maître, mais un implacable instrument, — je vous comprendrai.

Peut-être allez-vous croire, bonnes gens que vous êtes, qu'il y avait au fond de cette révolution, — avec ses quatorze armées, avec ses clubs, sa Convention, sa Terreur, ses trois millions d'hommes sur pied, quelque chose enfin ? Non ? Tenez : nous sommes au 10 août ; voyez-vous, là-bas, sur le Carrousel, ce canonnier qui hésite ? Eh bien !... — Ne riez pas, je vous prie : que ce canonnier pointe à droite ou à gauche, — qu'il tire sur vous ou sur moi, — et c'en est fait, — à son choix, — du peuple ou de la royauté ; blanche ou noire, la Révolution est à lui. Pascal l'avait bien dit : *que le nez de Cléopâtre soit un peu plus court, et la face du monde est changée.* Et ce canonnier, me demandez-vous, qui tient le monde au bout de sa mèche, — où est-il ? qu'est-il devenu ? comment l'appelez-vous ? C'est Westerman, peut-être ? — Nullement ! C'est Bonaparte, alors ? — Pas davantage ! Mais qui donc? — C'est le canonnier de M. le comte Alfred de Vigny!... *Une ferme à Cromwell, 1,500 francs à Jean-Jacques, et c'en est fait de deux révolutions,* — disiez-vous à une autre époque, M. le comte; c'est toujours de même. Peut-on se débarrasser des grands hommes à meilleur marché?

Laissons là, croyez-moi, le Gouvernement, qui n'est, nulle part, deux fois le même; voyons l'humanité derrière lui, — car c'est elle que vous attaquez, après tout. Cette humanité, répondez, a-t-elle, en définitive, méconnu vos poëtes, — Homère, Le Tasse, Chatterton, Chénier, Gilbert même, et tant d'autres? Oui, dites-vous. — Dites donc, par ignorance, — non par instinct : si la poésie n'est que le sentiment profond des choses, qui comprend mieux l'humanité que le poëte, — qui la reproduit mieux? Le poëte, c'est l'humanité même dans sa plus vive expression; — elle ne l'exclut donc pas, — elle l'appelle, elle l'invoque; le poëte ne souffre que parce que l'humanité souffre; si tant de grands hommes ont expié leur foi, n'est-ce pas malgré l'humanité? N'est-ce pas dans ce peuple, qui les aime, que s'ensevelissent et que reposent, après tout, les génies malheureux? Près de Gilbert désespéré, n'avez-vous pas Voltaire, enrichi et plus que roi ! Écrivez donc : Gilbert mourut de misère et d'oubli sous Louis XV, — comme Chénier, par ordre du Comité ; cela est triste sans doute, et cela est vrai ; — mais le roman s'en contente-rait-il ?

Aimer, consoler, affranchir, telle est l'œuvre du poëte, et sa seule : œuvre immense, inépuisable, de tous les temps, de tous les lieux, éternelle comme le peuple et comme sa douleur, luttant toujours, car il a toujours à détruire ou à édifier ; — ôtez-lui la lutte et l'effort, vous lui ôtez la vie : qu'importe au poëte qu'on l'attache en croix, les pieds ou la tête en l'air : — n'a-t-il pas, comme saint Étienne, *les cieux ouverts devant lui ?* Ne lui prenez donc pas son martyre, pour le mettre en robe chaude et les pieds au feu ; — la poésie, croyez-moi, n'est pas dans le bien-être et l'inertie où vous l'enterrez toute vive, elle est à la fois dans la solitude, pour médi-ter, — dans le monde, pour agir et pour appli-quer ; elle est dans cette foi vive, qui devance et entraîne les sociétés ; elle porte au front le rayon divin de Moïse : il lui faut du champ, le grand air, — c'est-à-dire les grandes choses, — des peuples à régénérer et à nourrir, — des miracles, des sources dans le désert, — et devant elle, surtout, l'espérance et la terre promise. — Jetez-la, comme Milton, comme Dante, dans les tourmentes d'une révolution, comme Cervantes ou Byron, dans toutes les angoisses d'une vie agitée et aventureuse ; frottez-la aux hommes, à leurs douleurs, à leurs misères, d'où découlent tant de flots d'amour et de charité ; — n'est-ce pas là que s'est enflammé l'Évangile ?

Votre homme d'Athènes n'est qu'un homme, et un pauvre homme, — c'est-à-dire une exception. Qui l'importunait, après tout ? L'humanité, précisément dans cette multitude honorant Aristide. Le poëte que vous nous faites, cher docteur, est bien malade, — mais c'est un homme mort si vous ne changez au plus tôt l'ordonnance.

CLARISSE

Il y a des femmes, chez lesquelles les principes ne sont guère qu'affaire de forme et d'opinion ; elles portent cela, parce que cela se porte, — comme un bijou de fantaisie, et pour le premier filou qui passe. On a bon marché du *corps* à l'occasion et bon marché surtout, des sentiments : elles *aiment,* à ce qu'elles disent, — elles se livrent, elles oublient, — et recommencent, — pour oublier et recommencer encore.

Il en est d'autres, plus rares, chez qui la vertu se lie à toutes les qualités d'une âme indépendante et fière ; là, tout est grave et profond : n'en demandez l'explication, ni au monde, qui ne saurait que répondre, ni à l'éducation ; cela tient au sang, à Dieu même. Transportez ces natures privilégiées

où vous voudrez, au fond des forêts d'Amérique,
au cœur de nos sociétés européennes, Atalas ou
Corinnes, elles n'en ont ni moins de vraie pudeur,
ni moins d'élévation, ni moins d'empire.

Clarisse est de ce nombre : à part tout ce que sa
situation a d'affreux et de tragique, on sent en elle
je ne sais quoi d'incomplet et d'amer qui touche et
attriste; c'est une femme qui voulait aimer et qui
n'a pas pu : son cœur doute et se replie sans cesse.
Peut-être est-elle un peu parleuse, dans les premiers livres ; on y voit *l'auteur* davantage : Qu'est-
ce qu'une jeune fille qui se plaît à compter les
battements de son pouls, — qui nous dit où, comment, à quelle heure, elle s'est trouvée mal ! Il est
des émotions que le cœur, fatigué, ne produit pas.
Mais une fois aux mains de Lovelace et face à face
avec sa passion, comme elle s'élève, qu'il y a de
vérité dans cette vertu si résignée, si simple, et si
forte pourtant !

Ce livre n'a pas le défaut ordinaire des romans :
on n'en sort pas découragé, affadi; on n'y sent
point cet *air amollissant,* dont parle Massillon.
Cette lutte terrible, et ce triomphe, qui la couronne,

ont quelque chose qui réveille et qui donne du
cœur, — ou, plutôt, ce n'est point un roman, —
c'est le cœur même, pris sur le fait et dans sa vie
la plus intime.

Il y a cent manières d'avoir une femme, mais il
n'y a que le sentiment qui nous la donne tout entière; les Lovelaces, quels qu'ils soient, n'en ont
jamais possédé une. Le sentiment ne s'explique
bien qu'au sentiment, — et, pour être aimé, il faut
aimer. Auprès de certaines femmes, le plus sûr est
d'être épris : la passion, avec ses boutades et ses
maladresses, atteint presque toujours son but; elle
agit sur son objet, et porte avec elle l'éloquence et
la persuasion. Qui sait? Peut-être que cette Clarisse, si scrupuleuse et si fière, se fût rendue à elle;
Clarisse eût pardonné, du moins, car la passion,
dans ses excès, a toujours une excuse; elle a toujours cet air de vérité, cet entraînement qui ab-
sout. Mais que de misères, que de petitesses indi-
gnes d'un homme, dans toutes ces ruses d'un
libertin! à quoi tient donc l'intérêt involontaire,
qui s'attache à Lovelace, à cette âme plate et vaine?
Demandez à Clarisse; et comment ne pas aimer ce
qu'elle voulait aimer?

Si de sa Clarisse, Richardson eût fait une femme faible ou passionnée, elle était dupe ; adieu le livre ! Il a fallu, pour résister, que son héroïne fût calme et forte, — et, pour plaire, qu'elle fût aimante, et qu'on sentît la passion, sans la voir pour ainsi dire. Quant à la forme du roman, elle tient au roman même : une action vive et d'invention ne s'accommode pas de tout ce bagage de lettres, — mais le cœur s'en arrange bien, car il a besoin de s'épancher, — et le sentiment, comme on sait, est intarissable.

HIÉRARCHIE SAINT-SIMONIENNE

Chaque être est une *unité indépendante,* un tout complexe et relatif : l'homme, c'est l'humanité plus ou moins; on n'est rien *absolument,* — ni poëte, ni peintre, ni industriel, ni savant, ni *décrotteur;* pas de hiérarchie naturelle et constante dans l'espèce; dans l'homme, il y a un homme et des hommes, — l'unité et le nombre, — la dépendance et la liberté.

Constituer une hiérarchie morale, comme l'entendait les Saint-Simoniens, c'est-à-dire l'ordre et la profession dans l'intelligence et le sentiment, quelle idée! Quoi de plus insaisissable, en effet, et de plus spontané que l'esprit : l'esprit tient non-seulement à l'individu par sa nature, — mais aux lieux, aux temps, à l'éducation, aux circonstances,

à l'inspiration ; l'esprit change et se transforme
sans cesse ; comme l'oiseau, il n'a que des *pattes*
aujourd'hui, mais demain il aura des *ailes ;* vous
croyez saisir un pesant canard de basse-cour, —
et c'est un aigle, qui vous échappe. Qui dira donc :
toi, je te fais juge, — toi, pair de France, — toi,
savetier! Qui alignera l'intelligence, comme on aligne un peloton d'infanterie, par numéro et rang
de taille?

Si chacun n'a pas une égale capacité, chacun
pourtant croit l'avoir ; les capacités ne se classeront
donc pas d'elles-mêmes et naturellement, mais par
force. On trouvera des orateurs, des écrivains, des
artistes; mais *des balayeurs!* — on l'est aujour-
d'hui par contrainte, — qui se résoudrait à l'être
par incapacité? Qui voudrait à l'ennui du métier,
ajouter la honte? Il n'y a là *musique* qui tienne.

Une bonne organisation n'est donc pas celle qui
prétend étiqueter les capacités, — comme on éti-
quette le sucre ou l'indigo; mais celle qui, laissant
à la capacité son indépendance et sa spontanéité,
offre, non-seulement à tous les goûts, à toutes les
vocations, des moyens d'application générale, mais
à chaque intelligence, à chaque goût, à chaque ca-

price, pour ainsi dire, cette application instantanée qui lui est propre. Organisez, classez, multipliez les moyens et les choses, — mais laissez l'homme libre, car la liberté, c'est la vie, — et l'ordre, avec le temps; qu'est-ce, en effet, que l'ordre, sinon la science et l'organisme de la liberté ?

La nature veut que tout bien-être soit acheté; chaque besoin, chaque désir a sa mesure dans le travail, quel qu'il soit, qui le satisfait : si le travail l'emporte sur le besoin, il y a excès de travail, — l'homme se décourage et souffre, comme chez nos classes pauvres; si c'est le désir qui domine, il y a excès de jouissance, et l'homme n'a plus de frein, comme chez nos classes riches; si l'un et l'autre se balancent, le travail et le besoin, — il y a équilibre, et plaisir à travailler, mesure à jouir. La meilleure organisation, la plus sûre, sera donc celle qui mettra à chaque jouissance son prix, — c'est-à-dire qui aura pour base du bien-être, le travail, — mais le travail dans son inspiration propre et dans toute sa dignité.

DON QUICHOTTE

— Qu'importent les formes plus ou moins va-
riées du roman? le secret n'est pas là, — mais
dans les sentiments. C'est là, en effet, que Cervantes
est profond, attachant, inimitable; c'est là qu'est
Don Quichotte.

Quelle élévation, quelle douce et ferme morale,
quelle charité touchante! — C'est de l'Évangile.
Don Quichotte et Sancho, — voilà le génie de Cervantes, et ses deux types de prédilection, — c'est-
à-dire l'humanité tout entière. Ouvrez le livre où
vous voudrez, pourvu que ces figures-là soient en
face, vous êtes sûr de rire et d'être ému.

A part ce qu'il y a de profonde critique, d'ingé-
nieuse malice, de naturel et de verve, — quel inépuisable comique dans cette double opposition des

deux rôles : l'un, poëte exalté, chevaleresque, donnant à chaque pas contre le positif et la matière; l'autre, poussé par l'amour de la matière, dans l'exagération et le figuré, — faisant de la chevalerie *avec un pâté en croupe,* — et payant, à beau dos et malgré lui, tous les pots cassés du métier.

Et le lien naturel et caché de ces deux trempes si contraires, — où le trouver? si ce n'est, et là seulement, dans cette nature simple et bonne au fond, qui leur est commune, — et qui raccommode et sauve tout, en effet.

Gil-Blas est loin de là : Cervantes prend l'humanité par devant et sur le front, avec toutes ses marques de noblesse et de virilité; — Lesage la prend par derrière, voûtée pour ainsi dire et décrépite, avec son égoïsme et tous ses vices. Vous quittez l'un, découragé ou peu s'en faut; vous laissez l'autre, plein d'espoir et de foi. Les positions, il est vrai, sont différentes : Gil-Blas ne peut voir les hommes, après tout, que de l'antichambre et comme un valet; Don Quichotte les voit en chevalier, et du haut de toutes ses vertus. Voilà un fou, qu'on ne voudrait à aucun prix rendre raisonnable, — et qu'on ne peut s'empêcher d'aimer.

Cervantes le sentait bien : la vertu, même dans l'excès, a toujours en elle et dans son principe, quelque chose d'attachant et de respectable.

— Il y a au fond de chaque conscience, un sentiment du juste, que les intérêts, les passions, les vanités du moment, compriment plus ou moins, mais qui tend, sans cesse, à nous échapper comme un secret. Ce secret, c'est celui de l'humanité.

— On dirait que la conscience est plus à l'aise dans l'esprit que dans le cœur : nous nous inquiétons beaucoup moins, en effet, de la *valeur* de nos jugements que de leurs *motifs;* il semble que l'erreur nous importe peu, pourvu que l'indépendance et le désintéressement soient saufs : est-ce

assez vraiment, — et l'esprit ne doit-il pas avoir
aussi *sa probité?*

~~~~~~

— Si l'homme n'est pas maître absolu de sa
destinée, il peut beaucoup sur elle : rien ne ré-
siste, à la longue, à une volonté ferme, droite, persévérante, — et si c'est une sottise de ne croire
qu'à son mérite, c'est une lâcheté de n'y pas croire
du tout et d'attribuer tout au hasard.

— *Le style, c'est l'homme*, a dit Buffon. Mais qu'est-ce que l'homme, à son tour, — sinon *la pensée?* c'est la pensée qui le constitue ; c'est par elle qu'il s'appartient ; la pensée fait le peintre, le poëte, l'orateur, tout aussi bien que l'écrivain : il y a une *pensée*, en effet, dans le cœur comme dans l'esprit, dans l'imagination comme dans l'intelligence ; on ne parle, on n'écrit, on ne sent, on n'est quelque chose, que parce qu'on pense, et l'amour même n'est profond que lorsqu'il est réfléchi et *pensé*, pour ainsi dire.

La pensée est la substance du génie, et le génie même ; c'est par là qu'il nourrit, — comme l'arbre par son fruit. D'où vient la puissance de Dante? de celle de sa pensée. Montesquieu, Poussin, Mirabeau, Michel-Ange, ne sont si hauts, comme artistes, que parce qu'ils le sont comme penseurs : l'un pense avec la plume, l'autre avec la parole, — celui-ci par le marbre, celui-là par le pinceau. Qu'est-ce qu'un grand homme, en un mot? une grande pensée!

Nous exigeons des autres, à notre insu, bien
moins les qualités qui leur soient propres, que
celles qui nous le sont. Êtes-vous, comme disait Saint·Simon, *un sujet académique?* êtes-vous
homme du monde, homme d'église, homme de
robe? prenez garde : le beau langage ou les belles
manières, le plain-chant ou les *Pandectes*, obtien-
dront, quoi que vous fassiez, le bon poids dans
tous vos jugements. Et que pensez-vous, M. le
Curé, de cet instituteur qu'on nous propose?
« Quelle voix ferme et sonore! » dites-vous. Je
vous entends : on nous demande un maître d'é-
cole, — et c'est un chantre que vous choisissez.

Où s'arrêter? le cœur même s'en mêle et juge tout à travers ses larmes : un homme est malheureux, il est *père de famille*, — le voilà propre aussitôt à tous les emplois! la capacité ne décide plus de nos sympathies, mais la pitié. Qui vient-on de nommer à ce poste de surveillant? « Un borgne, » répondez-vous. Comment? « Oui, parce qu'il est borgne, et voyait à peine de l'autre œil; n'est-ce pas le cas de s'attendrir? » Ah! sans doute; mais, *mon fils, ce n'est pas moi qu'il faut pleurer, c'est ce grand homme,* — ce n'est pas *le borgne,* c'est *l'emploi.* Où nous menez-vous avec ces tendresses? Tenez, — gémissons ensemble, épuisez ma bourse, — la voilà; soulageons ces infortunés, il le faut; mais, je vous en conjure, ne leur faites pas l'aumône avec des places.

A PROPOS DE QUELQUES LETTRES ANONYMES

Un homme existait, dont l'enfance avait été bonne et simple. La Nature, qui ne l'avait pas fait riche, l'avait fait sérieux et compatissant; elle avait mis en lui, comme une mère, cette sensibilité vive, cette âme ardente, cette inquiète charité, la première et la plus chrétienne de toutes nos vertus; s'il n'avait pas d'or pour le pauvre, il avait toujours pour lui quelques larmes, et ces émotions subites et profondes, cette communion de peines, cette aumône du cœur, qui valent mieux que tout l'or du monde, c'était là son *denier de la veuve.* Il était de ceux que le Christ appelait à lui et qu'il chérissait; son cœur fondait au moindre mot; la vue d'un nid le rendait pensif; le bruit des cloches le faisait rêver : il les suivait le soir, à tra-

vers les airs, suspendant ses songes et ses mélancolies d'enfant à leur vague et mystérieuse sonne-
rie; elles lui parlaient de leurs regrets, — il leur
confiait ses espérances : qu'elles viennent de loin
ces tristes sœurs, et qu'elles disent de choses à
l'âme jeune et attentive! Pour cet enfant, la solitude avait d'indicibles charmes; c'était sa compagne de prédilection, la confidente de ses attachements et de ses chagrins; ses attachements, il
les avait pris au berceau et dans la famille, leur
vraie source : l'âge et l'habitude, dans l'ordre des
affections, c'est tout, — c'est l'affection même;
vieillir, en ce sens, c'est aimer. Cet enfant aimait
donc quelques autres enfants plus que lui-même.
Chères fleurs, qui vivent encore! Paisible dans
ses goûts, timide à l'excès, il se faisait, pour eux,
bruyant, hardi, mauvaise tête; il ne les quittait
jamais sans douleur; il se désolait dans leurs maladies; ses nuits en étaient troublées, — on l'entendait gémir et sangloter dans ses rêves. Pleure,
pleure, pauvre petit, — ces amitiés, si tendres
maintenant, deviendront fortes et nobles un jour,
— et Dieu les bénira peut-être.

Cependant, cet enfant a grandi; ses longs che-

veux blonds et ses joies naïves sont tombés avec
le temps; il a quitté le sarrau et le petit tablier
pour l'habit prétentieux d'un autre âge ; ses traits
se sont développés et durcis, — sa voix a perdu
sa fraîcheur, son regard sa candeur et sa grâce;
il s'est fait homme enfin. Mais son cœur n'avait
pas changé : l'enfant était toujours là, derrière,
prêt à s'émouvoir et à se confier. Le bruit du
monde et des partis l'étonne : il observe, il compare, il apprend, — il se passionne aussi pour ces
immortelles questions de la vie sociale et de la
politique; levain d'enfance encore et de charité!
Bientôt cet homme a ses principes, — il les émet :
la foi qui n'agit pas, est-ce une foi sincère? C'est
la vérité qu'il cherche ; il la demande, il l'offre...
on lui répond par la calomnie. Il avait quelques
vertus, peut-être; mais ses opinions en ont-elles?
Qu'il lui a bien pris d'être *démocrate,* pour cesser
d'être honorable; honorer, c'est si difficile !

— Quoi! tu t'attristes, mon âme? tu doutes de
toi-même? Ignores-tu que l'injustice et la passion
sont de ce monde? Nier, maudire, voilà l'homme
et voilà les partis. Crois-moi; fais ton devoir et
fais-le tout entier; au sarcasme impuissant, aux

lâches injures, oppose la sérénité, la douceur, et cette inébranlable constance que donnent les saintes causes et l'amour de la liberté ; n'as-tu pas ta foi, cet ange intime et pur, qui console et qui fortifie ? Garde ton cœur et tes opinions, — c'est tout un : *marche, marche* vers cet horizon qui t'appelle ; les peuples et l'humanité t'y attendent.

DES DOMESTIQUES

On dit depuis longtemps : *Tel maître, tel valet.*
Je ne sache pas qu'il soit une vérité mieux recon-
nue et à laquelle, cependant, on attache moins
d'importance. En effet, si nous sommes, par position, les maîtres de nos domestiques, nous en sommes bien plus encore, par nature, les précepteurs
et les modèles : c'est sur nous qu'ils se moulent
pour ainsi dire, — c'est sur nos mœurs qu'ils
calquent leurs mœurs; en un mot, un mauvais
maître a rarement de bons serviteurs, — un bon
maître, s'il voulait, en aurait rarement de mauvais.

Chacun se plaint aujourd'hui de ses domestiques, — et ce n'est pas sans raison. Mais il ne
suffit pas de sentir le mal et de gémir, il faut sé-
rieusement en rechercher la cause, — peut-être

en connaîtrons-nous le remède. Si l'on a de si mauvais domestiques, accusons-nous-en tout d'abord; je le demande : est-ce un exemple édifiant pour eux que l'aspect continuel de nos imperfections et de nos faiblesses? Est-ce en les rendant, à toute heure, témoins de l'ascendant de nos passions et de nos défauts, que nous les instruirons à vaincre les leurs? Voulons-nous avoir plus d'empire sur ceux qui nous servent? — commençons par en prendre davantage sur nous-mêmes; on désire des valets soumis, rangés, laborieux? Qu'on leur donne donc des leçons de soumission, d'ordre, d'activité, — qu'on leur enseigne les vertus qui les doivent distinguer, et qu'ils aient, du moins, à rougir devant quelqu'un des vices dont nous faisons si grand bruit.

C'est un bien inappréciable qu'un bon domestique, — et si nous n'ignorons pas que rien n'est plus difficile à trouver, nous semblons ignorer que rien n'est plus difficile à faire : la plupart du temps, nous traitons nos domestiques en étrangers, je pourrais dire en ennemis; qui se soucie de les étudier? qui songe à les réformer? qui comprend quelque chose à ce pénible métier qu'ils exercent?

de tous les moyens qu'on emploie pour se les
attacher, un seul serait efficace peut-être, — et c'est
précisément celui qu'on néglige. On croit avoir
tout fait quand on leur a présenté l'appât d'un
sordide intérêt, qui ne suffit même pas à l'ambition la plus bornée ; c'est à force d'argent qu'on
espère les gagner. Et l'on s'étonne ensuite de ne
point réussir. « Jamais, dit-on, leurs services
n'ont été payés plus cher. » C'est pour cela précisément qu'ils sont si mauvais : plus on a, plus on
veut avoir, — et l'argent n'a jamais fait que des
ingrats et des égoïstes. Ce n'est pas à l'avarice, à
la cupidité qu'il faut s'adresser, ce ne sont pas de
basses passions qu'il faut éveiller dans leur cœur,
— mais des sentiments elevés, désintéressés; ils
les peuvent éprouver aussi bien que nous.

Si la condition d'un domestique est pénible,
efforçons-nous de la lui rendre agréable, — et
faisons au moins qu'il se plaise dans les chaines
que la société lui impose ; son courage, sa résignation méritent bien qu'on les apprécie, car il en
faut pour vivre avec nous. Ce que les hommes re-
cherchent, c'est bien moins encore la fortune et
le bien-être que la dignité, et si cette dignité pou-

vait exister dans un état même de dépendance,
nous trouverions demain mille individus pour un
qui mettraient leur bonheur à nous servir avec in-
tégrité. — Mais en est-il ainsi? s'occupe-t-on
d'adoucir leur sort? — Loin de là, — nous affec-
tons le plus souvent à leur égard tous les dehors
d'une morgue insultante, — notre orgueil les
froisse et les éloigne; ne trouvant ni appui, ni
pitié chez nous, ces malheureux cherchent à oublier comme ils peuvent, dans la débauche et l'ingratitude, *le crime* de leur condition; dégoûtés
d'une vertu qui ne leur offre aucun profit, ils prê-
tent l'oreille aux mauvais conseils, — et se croient
plus libres quand ils ne sont que plus pervertis.
Nous pouvions en faire des hommes honnêtes,
nous en avons fait des hypocrites et des escrocs :
près de nous ils épient nos actions; loin de nous,
ils en médisent; s'ils nous imitent, c'est toujours
dans nos écarts et dans nos ridicules. Et quelle
digue opposer à ce débordement? On nous dira
peut-être : « Changez de valets; » — mais ce
n'est que changer de vices; « punissez l'infi-
délité, » — mieux vaudrait la prévenir : il s'agit
bien moins, en effet, d'être rigoureux que d'être

juste, — et l'exemple d'un homme sage est cent fois plus efficace que toute la rigidité d'un tyran.

Sachons respecter l'homme, même dans l'état de servitude, pour lui apprendre à se respecter lui-même ; le domestique qui remplit exactement ses devoirs n'a-t-il pas droit à plus d'égards que l'homme heureux et riche, par cela seul qu'il est dépendant et pauvre ? L'infortuné qu'on honore, trouve dans son malheur même des sujets de consolation et de courage ; mais celui qui croit exercer un métier abject, ou réputé tel, ne tarde pas à se ravaler au niveau de l'opinion qu'on a de lui, et devient méprisable par cela seul qu'il était méprisé.

Une réprimande faite mal à propos nuit plus qu'un excès de tolérance : une fois injustes, on nous le croit toujours. Un valet se montre-t-il insolent ? ne brusquez point son humeur, — reprenez-le, non par l'effet d'une vanité puérile, qui consiste à paraître blessé de son action, mais avec douceur et dignité ; — qu'il sache, avant tout, qu'il se manque à lui-même, et que l'inconvenance de son procédé n'a pu nous atteindre.

On demandera peut-être en quoi tout cela ex-

cuse l'inconduite de ceux qui sont à nos gages ?
Je répondrai qu'il importe bien moins de l'excu-
ser que de la prévenir : un domestique qui sait
qu'on le soupçonne et qu'on l'épie, sans égard
pour sa probité qui ne lui rapporte rien, se dé-
noue du serment de se garder lui-même, — ce
qu'il peut prendre, sans être aperçu, lui appartient par cela même, et l'impunité fait son droit.

Il en est, en quelque sorte, de cette classe
esclave comme d'un peuple réduit sous le joug :
quand la tyrannie a détruit à la longue tous les
principes d'élévation morale et de générosité, que
la nature avait mis en lui, on en rejette avec éclat
le blâme sur la corruption de ses mœurs, — on le
juge indigne de la liberté qu'il réclame, — on est
prêt à river ses fers. Eh ! ce n'est point à l'esclave
seulement qu'il faut demander compte de ses
vices; c'est aussi à ses oppresseurs ; ce n'est pas la
servitude qui rend ingrat, perfide et lâche, —
c'est la tyrannie.

Je ne sais si c'est une illusion, — mais il existe
encore, je l'espère pour l'honneur de l'humanité,
des exemples de serviteurs dévoués et fidèles. « Où
cela ? » me direz-vous. Je l'ignore. Là, maîtres,

enfants, valets, tout fait partie de la même famille,
— tout croît, pour ainsi dire, à la même tige, sur
le même sol ; — et, cependant, les rangs y sont-
ils confondus ? L'autorité des chefs y est-elle mé-
prisée ? Chose étrange ! chacun y garde sa place
sans contrainte, sans effort, — et comme personne
ne songe à abaisser ceux que la fortune a mis au-
dessous de nous, — personne, aussi, ne songe à
s'élever au-delà de la sphère qui lui est propre ; —
on obéit avec zèle, parce qu'on commande avec
douceur ; la paix, l'ordre, l'économie règnent partout dans le ménage, le dévouement remplace la
crainte, — et tout le monde y trouve son compte ;
on ne voit pas les valets prendre à tâche de tromper leurs maîtres, parce qu'ils ont tout à perdre
en perdant leur confiance ; contents de leur sort,
qu'ont-ils à désirer de plus ? Sûr d'une condition qui lui vaut l'estime et l'amitié de ses chefs,
un vieux domestique trouve des charmes secrets
dans le souvenir même de sa longue servitude ;
avec le temps, la fortune de ses maîtres est devenue la sienne, et leur faire tort, c'est lui faire tort
à lui-même ; — il a vu naître et s'élever leur famille, — il a porté leurs enfants dans ses bras, —

il est prêt à citer le jour, l'heure de leur naissance, les maladies qu'ils ont faites, les dangers qu'ils ont courus ; s'il ne dit pas avec affectation : *les enfants de Monsieur,* il dit : *mes enfants,* — et personne n'est assez sot pour le reprendre, car une familiarité affectueuse vaut mieux qu'une réserve indifférente. Dans un âge plus avancé, on ne le voit pas, vil et plat esclave, se laisser gagner par leurs vices ; il est devenu leur ami, leur conseil, — il les aide de sa vieille expérience. Que de fois on se plaît à l'entendre raconter les malheurs de sa jeunesse, sa pauvreté, l'accueil qu'il a reçu de nos parents, — et si, dans sa reconnaissance, il vient à rappeler la mémoire d'une mère, dont le sort nous a privés trop tôt, — alors on se presse à ses côtés, on l'écoute avec recueillement parler des tendres soins dont elle protégeait notre enfance, — et les larmes pieuses de ce vieillard semblent, pour un instant, ranimer sa cendre et la faire revivre à nos yeux.

Il a partagé la richesse de ses maîtres, il est prêt à partager leur détresse : ne peut-on plus récompenser ses services ; il vous force à les recevoir ; quelques revers que la fortune nous réserve, on ne le voit ni moins soumis, ni moins empressé :

il nous défend et nous protège, qu'il semble encore
accomplir un devoir. Dévouement admirable, sans
doute, et que nous pouvons à peine comprendre !
L'exemple d'un homme simple et pauvre, dont le
sort n'a pu, durant quarante ans, lasser la constance et la fidélité, ranime souvent notre courage
prêt à s'éteindre, — et nous en trouvons nos
maux plus supportables. C'est à ce serviteur
éprouvé qu'il est réservé peut-être de nous rendre
les derniers devoirs : il ne souffrira pas que des
mains mercenaires profanent le corps de ses bien-
faiteurs ; ce sont les siennes, — ses mains pieuses
et dévouées, qui prendront soin de nous déposer
dans la tombe. Et ne croyez pas qu'il consente à
passer sous un joug étranger ! Non, — sa tâche
est finie avec la nôtre ; ne peut-il plus nous servir,
il ne peut servir personne, — et, pour dernière
grâce, il demande en mourant qu'on l'enterre aux
pieds de ses maîtres.

Voilà, si je ne m'abuse, les hommes que j'ai
vus, — que j'ai cru voir, du moins, dans mon enfance, mais ces hommes-là, on les faisait soi-même ;
on ne les reléguait point, toute l'année, au fond
d'une office ou d'une cuisine, comme des êtres

oubliés et perdus; il était des jours de fête où la bonté prévoyante de leurs maîtres leur faisait place au foyer paternel; ils se mêlaient à la famille, ils en partageaient la joie, les plaisirs, — et parmi les vœux qu'on adressait au ciel pour la prospérité commune, sans doute ceux du pauvre domestique reconnaissant n'étaient pas les moins agréables à Dieu.

Et quelle ressemblance entre ces bonnes gens et ceux qui nous servent? Ne dirait-on pas, aux soins que nous prenons de les tenir à distance, que nous craignons qu'ils ne s'attachent trop facilement à nous? Placés comme dans une hôtellerie, nous ignorons si le valet d'aujourd'hui sera celui de demain; étrangers à nos mœurs, à nos besoins, comment voudrions-nous qu'ils ne nous servissent pas mal? Sommes-nous malheureux, — ils nous quittent, leurs respects et leur attachement finissent avec l'argent qui les commande; n'est-on plus riche, on n'est plus rien. Étrange erreur! On croit remplacer le dévouement par la crainte, la fidélité par l'espionnage, — à défaut de sentiments vrais, on fait ses valets hypocrites, — à défaut d'amour et de regrets, — *on les habille de deuil*, — et ce n'est là qu'une livrée de plus.

Oui, sans doute, le mal, en grande partie, vient de nous, — et la condition d'un domestique fidèle, et qui sert de bons maîtres, est noble aussi, et peut s'allier facilement à une âme généreuse et désintéressée.

— Que demandiez-vous, en fin de compte? Que nous *mangions*, peut-être, avec nos domestiques?...

— Non, — mais qu'un peu de raison, qu'un peu de pitié vous prenne, et que vous rendiez au moins le métier supportable. Mistriss Troloppe, dans ses dédains aristocratiques, ne comprenait rien à cette *horreur* de l'Américain pour toute espèce de domesticité : la familiarité ingénue, les confidences des jeunes filles qui la servaient, toutes mesurées qu'elles fussent, lui semblaient repoussantes, — leur tristesse, incompréhensible ; — chassées du *salon*, honteuses de leur service, elles passaient la moitié du jour, dit la grande dame, à pleurer *sans savoir pourquoi*. Sans savoir pourquoi? Oh! qu'elles le savaient bien, au contraire! La liberté, comme l'amour, a sa pudeur, qu'un rien trouble et fait rougir : la perd-on? toute âme noble doit pleurer. C'est là, précisément, ce que faisaient ces simples filles américaines. Mais l'aristocratie ne pleure pas, elle; elle ne conçoit même pas qu'on pleure : les plus chastes sentiments, les plus beaux instincts, les plus doux secrets de l'humanité lui échappent. Qu'il fait bon être peuple, pour garder quelqu'intelligence et le cœur!

Chez les Gréco-Slaves, où *la famille* est tout, — où la religion et la liberté ont soustrait au despotisme cet ardent foyer des vertus sociales, la domesticité est une *adoption;* le serviteur, c'est *l'enfant de notre âme*. Il n'y a que la liberté qui fasse ces prodiges, et qui rende au dévouement, quel qu'il soit, la noblesse et la dignité qui lui appartiennent. Quand l'égalité n'est plus dans les rangs, elle se réfugie dans les cœurs.

PETITS VERS

ET

COMPLIMENTS

DE

NOUVELLE ANNÉE

~~~~~~~

A ma petite nièce Marie.

TH. DUFOUR.

PETITS VERS

ET

COMPLIMENTS

DE

NOUVELLE ANNÉE

1ᵉʳ JANVIER 1844

(5 ans)

Mon cher Papa et ma chère Maman,

Je serais, dit-on, bien gentille
Si je voulais étudier ;
Je serais, dit-on, grande fille
Si j'écrivais sur le papier :
Mais est-il si pressant de lire
Ces livres, de noir barbouillés,
Et de griffonner, pour s'instruire,
Tant de vilains mots embrouillés ?

17

Il est un langage facile,
De grâce et de candeur mêlé, —
Un mot, que la mémoire habile
Retient, sans l'avoir épelé :
Tout bon ange glisse à l'oreille,
Comme un secret, ce mot charmant,
Au petit enfant qui s'éveille,
Pour qu'il le dise à sa maman ;
Ce mot si doux, et qui résonne
Bien autrement que l'A, B, C,
C'est aimer : là-haut Dieu pardonne
A tout écolier qui le sait !

MÊME ANNÉE

Je suis une pauvre écolière,
Pour mes cinq ans fort en arrière, —
Et c'est à peine si je sais
Correctement mon A, B, C.
Mais il est un mot bien facile,
Un mot, que la mémoire habile
Retient, sans l'avoir épelé :
De grâce et de candeur mêlé,
Ce mot, Dieu le dit à l'oreille
De tout enfant lorsqu'il s'éveille :
C'est *aimer :* pour vous, je le sais
Couramment, — et c'est bien assez !

23 JUIN 1845

Que faut-il au bouton timide
Qui s'épanouit dans un coin?
L'ombre que sous son aile humide
Tout nuage apporte au besoin :
Que faut-il à l'enfant naïve
Dont l'âme, jusque-là captive,
Éclôt soudain comme une fleur?
Sa mère. Heureux l'enfant qui l'aime :
Chaste refuge, ombre du cœur,
Une mère est tout, — c'est Dieu même.

Petit compliment de Lolo pour sa maman, le 23 juin, jour de
sa fête.

1ᵉʳ JANVIER 1845

(A 6 ans)

MON CHER PAPA ET MA CHÈRE MAMAN,

Depuis un an, comme écolière
Vous m'avez là sous votre main ;
Qu'ai-je appris?... je ne suis pas fière, —
Voyons, faisons mon examen :
— Et d'abord, la tenue est bonne ;
Fort proprement, j'écris en gros, —
Si ma plume parfois griffonne,
C'est que je me presse un peu trop :
Lire ou compter, m'est très-facile :
Je lis toute enseigne en passant ;
Déjà je compte jusqu'à mille,
Du moins, sans broncher, jusqu'à cent.
On m'apprend à tenir l'aiguille :
J'arrondis les doigts avec goût,
Et d'une main leste et gentille
Je mène un ourlet jusqu'au bout ;

Ah ! voilà mon plus gros péché !
Mais, peut-on rester attaché
Comme un vieux, sans bruit sur sa chaise?
Pour le cœur, il est assez bon :
Sitôt qu'un pauvre, à la maison,
Frappe, — je cours, j'ouvre avec joie,
Car on m'a dit que Dieu l'envoie.
Est-ce assez? êtes-vous contents?
Et qu'exigez-vous davantage
D'un enfant qui n'a pas sept ans?...
« *Qu'il obéisse, et qu'il soit sage!* »
C'est difficile, — et puis, ma foi,
On ne peut tout faire de même :
Pourvu qu'aujourd'hui je vous aime,
Je serai sage une autre fois !

1ᵉʳ JANVIER 1840

(L'âge de raison)

J'ai sept ans, — je suis grande fille,
Et pour le coup, je m'appartiens;
Ni verroux maintenant, ni grille, —
Ni claques, — où vous savez bien ;
Ma foi, je ne crains plus personne !...
Mais quel métier que d'être enfant !
Maman, papa, jusqu'à ma bonne,
Tout cela va tambour battant ;
Si l'un finit, l'autre commence ;
Mon oncle, lui, ne boude point :
Souffre-t-on, « quelle impertinence ! »
Et puis, attrape : — un mauvais point.
Mademoiselle n'est pas sage :
Pain sec ! « On raisonne, je crois ? »
« Vite, à la porte et sans tapage, — »
« Ah ! je vous ferai marcher droit. »
Toujours quelque chose à reprendre !
Veut-on s'esquiver ?... halte-là :

Veut-on monter? il faut descendre ;
Lolo par ci, Lolo par là :
On ne sait plus auquel entendre.
Que devenir !... mais un matin :
Pan, pan ! — Entrez ; « C'est moi, » dit-elle.
Qui ? « La raison : plus de chagrin
« Pour l'aimable enfant qui m'appelle,
« Je le conduirai par la main :

« Contre la douleur, j'ai des armes ;
« Je sais des mots pour consoler,
« Et j'ai toujours séché les larmes
« Qu'à regret j'avais fait couler ;

« Heureuse, dit-on, la fenêtre
« Où l'hirondelle fait son nid :
« Et moi, partout où je pénètre,
« L'infortune espère et sourit ;

« De l'enfant, je suis la marraine,
« Le bon ange de l'écolier,
« Et c'est moi qui glisse l'étrenne
« Qu'il trouve, au jour, dans son soulier.

« Combien de gens m'ont méconnue,
« Que j'avais bénis au berceau !
« Pour toi, vif et gentil oiseau,
« Souviens-toi de moi dans la nue :

« Je marche en un sentier joyeux,
« Tout plein de fleurs à faire envie ;
« Dans ce sentier, qui mène aux cieux,
« Je veux qu'on s'amuse et qu'on rie ;

« Sois bonne — et simple en tes désirs :
« Hélas! qui ne sait nos détresses !
« Ici, l'un a tous les plaisirs,
« Et l'autre toutes les tristesses ;
« A la pitié crains de fermer
« Ton cœur naïf : va, l'on est sage,
« Quand l'âme est prompte à s'enflammer ;
« Dieu n'en veut pas plus : — à ton âge,
« Toute la raison c'est d'aimer. »

1ᵉʳ JANVIER 1847

Une mauvaise tête de 8 ans

L'an passé, si je m'en souviens,
La Raison me dit à l'oreille :
« Petit enfant, tu m'appartiens ;
« Que crains-tu ?... parce qu'on est vieille.
« N'est-on bonne qu'à faire peur ?
« Va, sans moi la vie est amère ;
« A son chevet, de ton bonheur
« Que de fois j'entretiens ta mère ! »
Eh bien ! dis-je, c'est entendu,
Je me livre à vous corps et âme :
Que l'arc ne soit pas trop tendu
Pourtant, — sinon, moi, je réclame :
Des devoirs, c'est bien ; — mais pas trop :
Il faut se calmer à mon âge ;
Qui veut toujours aller au trot
Se fatigue vite en voyage.

J'ai mes défauts : fille à huit ans,
Est un léger moulin, qui tourne
Et pirouette à tous les vents ;
Au moindre bruit je me retourne :
Voilà la leçon de travers !
Le premier moucheron qui passe
Me met la cervelle à l'envers ;
Que voulez-vous que l'on y fasse ?
« Rien, » me dit-elle. Huit jours durant,
On s'arrangea le mieux du monde ;
Les *devoirs* allaient comme un gant ;
Bons points, congés, jeux, tout abonde.
Mais la vertu lasse à la fin ;
Huit jours entiers sans réprimande !
Je le donne en quatre au plus fin :
Madame ordonne : — qu'on l'entende !
Madame est prête : — dépêchons !
Veut-on parler ?... « Fermez la bouche ! »
Veut-on s'asseoir ?... allons, marchons !
« A l'heure surtout qu'on se couche, —
« Et chut... » patati, patata,
Il aurait fallu, pour lui plaire,
Qu'on obéît long comme ça ;
Ce n'était plus là mon affaire.
Ma foi ! m'écriai-je un matin,
Si c'est pour vivre de la sorte,
Et se batailler en chemin, —

Je n'en suis plus, voilà la porte ;
Et bon voyage, allez-vous-en.
« Tu le veux ? soit ! adieu, dit-elle ;
« Mais, je suis bonne, — et dans un an,
« Je reviendrai, si l'on m'appelle. »
Elle partit... j'avais grand tort :
A huit ans on doit être sage ;
Sur ce point-là je suis d'accord.
Pourtant, par prudence, à mon âge,
N'en demandez pas trop d'abord.

MÊME ANNÉE

(8 ans)

MON CHER PAPA ET MA CHÉRE MAMAN,

Je sais qu'un ange, pour vous plaire,
Sous son aile, ici, m'apporta :
« Dès demain, dit-il à ma mère,
« Ce jeune enfant te sourira.

« Le ciel confie à ta tendresse
« Cette innocente et frêle fleur ;
« Élève-la pour la sagesse :
« C'est à ce prix qu'est le bonheur. »

——

A cinq ans, on m'apprend à lire ;
Ce n'est pas le plus amusant !

A six, il me fallait écrire, —
Et j'en sortis passablement :

Sept ans sonnés, nouvelle étude ;
La raison paraît : grands sermons !
Moi, qui n'en ai pas l'habitude,
Je les trouvais bien un peu longs :

Puis, vint le tour de la musique ;
La main court sur le piano,
Et c'est un effet magnifique :
Do, ré, mi, fa, sol, la, si, do !

—

Ainsi marcha l'apprentissage,
Clopin, clopant, et pas à pas ;
Mais je vous aimais à tout âge :
Dieu sera content, n'est-ce pas ?

1ᵉʳ JANVIER 1848

(9 ans)

MON CHER PAPA ET MA CHÈRE MAMAN

On le prétend : fille bien née
Ne doit jamais parler qu'en vers,
Un beau jour de nouvelle année.
J'en ai l'esprit tout à l'envers ;
Il fait si froid ! qui veut des roses
Les va cueillir un peu plus tôt ;
Dans le cœur on a mille choses,
Et sur la langue pas un mot.
Mon oncle, lui-même, sommeille,
Le grand faiseur de compliments !
D'ailleurs, j'en veux un qui réveille,
Vif et court, tourné lestement :
On y vantera ma sagesse,
Mon caractère, mes progrès,
Mes talents de plus d'une espèce ;

Puis, *Miraud* viendra tout exprès,
Sur ses deux pattes de derrière,
Nous saluer à sa manière ;
En passant, — et par pur égard
(Car il ne faut blesser personne),
On parlerait de mon *canard*,
Du *cochon d'Inde* et de la *Bonne*.
On a tout dans ce sujet-là :
L'agréable et le nécessaire !
Que veut-on de plus ?... Mais voilà
Qu'on me propose une autre affaire,
Un conte : *l'Enfant et la Fleur*, —
Trois cents vers, je le dis sans rire,
Qu'il faudrait apprendre par cœur ! —
Ma foi ! — c'est assez de les lire.

1ᵉʳ JANVIER 1849

(10 ans)

POUR MA CHÈRE PETITE LOLO

〜〜〜〜〜〜

De Paris, le jour de Noël.

Hier, une femme inconnue
Frappe à ma porte sur le soir :
« Entrez, soyez la bienvenue, —
« A mon feu veuillez vous asseoir. »
Elle approche ; — je l'examine,
Tout étonné, de bas en haut :
Air malheureux, chétive mine, —
Et déjà vieille, ou peu s'en faut.
Comment, dis-je, — la nuit avance,
Vous courez par le temps qu'il fait?
Toute seule?... quelle imprudence !

18

Qui donc êtes vous, s'il vous plaît?
« Je suis ta muse, » répond-elle. '
Ma muse! vous, — que je vois là?
Je vous croyais, moi, jeune et belle,
Et dans cet état vous voilà?
« Huit mois m'ont valu des années,
« Reprit-elle, j'ai bien souffert ;
« Mes plus fraîches fleurs sont fanées,
« Et je sens le poids des hivers ;
« Va, l'absence est un mal extrême :
« Le cœur vieillit vite l'esprit,
« Quand il est loin de ce qu'il aime.
« Voilà ce qu'on gagne à Paris! »

Eh ! quoi, ma muse, est-ce pour rire ?
A près de cinquante ans, ma foi,
On peut fort bien cesser d'écrire
Et de rimer. Voyons, — pourquoi
Pleurez-vous? — vous êtes rentée
Très-largement par le Trésor ;
Votre éloquence est escomptée
Soit en bel argent, soit en or;
Deux fois le mois, — en bonne prose,
L'État vous fait donner, par jour,
Vingt-cinq francs net, — c'est quelque chose.
Sortez-vous? on bat le tambour,
La garde se range et salue ;

De patriotiques clameurs
Vous suivent, au loin, dans la rue.
« Que me font ces tristes honneurs ?
« Crois-tu donc que cela m'amuse ? »
Tiens, voilà tout, — et sans regret !
Mais rends-moi, du moins, dit la muse,
L'enfant charmant qui m'inspirait.

24 JUIN 1851

Appris par cœur.

MA CHÈRE MAMAN

(sa fête)

Le mois de juin amène les longs jours ;
Il ouvre, il peint les fleurs........
                    Mais bientôt tout s'efface,
Dit-on : les jours baissent, la rose passe...
Il n'est que l'amitié qui survive toujours.

L'ENFANT

ET

LA FLEUR DE JARDIN

~~~~~~~~

Enjouement et mélancolie.

Bien qu'il n'y ait que deux acteurs en nom dans cette petite pièce, il y en a réellement trois en jeu : un ENFANT, une FLEUR, — et QUELQU'UN qu'ils inspirent qui parle pour eux, — le POËTE, si l'on veut.

Il ne faut donc pas demander si l'on s'est *exprimé* comme un enfant, mais si l'on a *senti* comme lui ; ce n'est pas la langue des mots, — ce doit être celle du cœur.

————~~вов~~————

L'ENFANT

ET LA FLEUR DE JARDIN

~~~~~~~~

Enjouement et mélancolie.

L'ENFANT.

Mon Dieu, je ne fais que me plaindre ;
Mais de l'enfant quel est le sort?
Toujours lutter, et toujours craindre, —
Sans jamais arriver au port;
Sa peine succède à sa peine ; —
Il est écrasé de devoirs, —
Dès le matin, mis à la chaîne,
On l'y retrouve tous les soirs;
Aucun repos, — point de relâche ;
Voilà les profits du métier !

Et c'est aussi ce qui me fâche :
Cloué là comme un prisonnier,

Face à face d'un noir pupitre
(Lorsqu'on s'amuserait si bien!)
Je dois ruminer maint chapitre,
Où l'on ne comprend rien de rien ;
Que de sornettes à débattre?
Ce *problème* ne revient pas :
« Comptez donc, deux et deux font quatre ;
» Pourquoi ce zéro mis là-bas?
» Encore une *règle* qui boite ; —
» Tout cela n'est qu'à moitié su ;
» Allons, — le cou, la tête droite !
» Vous faites un dos de bossu. »
Quel enfer!... puis à perdre haleine,
Des leçons comme un perroquet ;
Encor, si c'était *La Fontaine*,
Les Pigeons ou *le Pot au lait!*
Pour régal, au bout de sa tâche,
Qu'obtient-on? quelque méchant *point*,
Un pauvre congé qu'on arrache,
Pièce à pièce, et de loin en loin ;
Beau prix!... on n'a qu'une monture,
Eh bien ! on lui casse les reins ; —
Par pitié faisons feu qui dure.
Voyez la fleur de nos jardins :
Rien ne trouble son existence ;
Heureuse, elle, sans s'en douter,
Dieu lui laisse son ignorance,

Ou l'instruit sans la tourmenter ;
Son enfance n'a rien de sombre,
Et n'oblige pas à sévir :
Un peu de soleil, un peu d'ombre,
La voilà qui pousse à ravir !
Point de pédant qui la régente ;
Tout passant lui sourit de loin ;
Elle grandit libre, contente,
Et s'épanouit dans un coin ;
L'insecte y dort avec délices,
Et s'y parfume de l'odeur
Qui s'exhale de ses calices.
Aimable destin de la fleur :
Le jour doucement la réveille,
La nuit la berce sur son sein
Entre les plaisirs de la veille
Et les plaisirs du lendemain ;
Le vent mollement la balance ;
Le papillon lui fait sa cour,
Et, dans sa mobile inconstance,
Vole, revient, fuit tour à tour ;
Glissant sous l'or de sa couronne
Son petit corps chargé de miel,
L'abeille, à toute heure, y bourdonne...

Non, rien, rien n'est plus doux sous le ciel.
Hélas ! du fond de cette classe,

Où, si souvent, je pense à toi,
Que de fois j'enviai ta place,
Heureuse fleur!

                    Heureuse, moi?
Reprit la Fleur; — moi, pauvre fille,
Que j'ai payé cher ma beauté!
Oui, sur mon front le bonheur brille,
Tout est plaisirs, folle gaîté;
Mais mon cœur est plein d'amertume;
Paré de riantes couleurs,
Un secret chagrin vous consume,
Et l'on voudrait verser des pleurs.
Le monde, va, n'est qu'apparence,
Ennui, fatigue, faux semblant :
Heureuse, moi?... quelle innocence!
Tu parles bien comme un enfant.

Je subis la loi du plus riche :
Pour flatter sa cupide ardeur,
On m'étale aux yeux, — on m'affiche, —
On blesse jusqu'à ma pudeur;
J'aimais les champs, les eaux tranquilles,
Dans les bois, l'ombre et le repos;
On me transporte au sein des villes :
Là, quelque manant sur son dos,
Me brocante comme une esclave,
Ou, dans une voiture à bras,

Entre la carotte et la rave,

Nous traîne au marché, pas à pas ;

Un lourdaud, tirant par la bride,

A grands coups, son âne entêté,

Fait verser notre pyramide

Aux éclats d'un peuple ameuté ;

On nous expose sur la place,

En plein soleil, au plus offrant ;

Le premier effronté, qui passe,

Sans façon, vous prend, vous reprend,

Vous porte à son nez, vous marchande :

« Combien cette bluette-là?

« *Trois francs!* vous moquez-vous marchande?

« Moitié, si vous voulez! — » il l'a

Pour le quart! avant d'être écloses,

On nous flétrit de mains en mains.

Mais ce ne sont là que des roses,

Et les moindres de nos chagrins :

A tous les métiers exposée,

L'un me fait grimper l'escalier,

Pour me suspendre à sa croisée,

En caisse, en pot, en espalier,

Comme un jardin de Babylone ;

L'autre me transporte en son parc,

Palais de Flore et de Pomone :

On m'y taille, on m'y courbe en arc ;

Par ses ordres, dix escogriffes,
Du seigneur ignorants valets,
Me déchirent entre leurs griffes ;
Armés de serpes et de louchets,
Ils arrivent... maudite engeance !
Celui-ci d'un coup de râteau,
M'atteint, par esprit de vengeance ;
Celui-là me fait manquer d'eau,
Tandis qu'il va cuver sa bière,
Ou prendre, en un coin détourné,
De bons fruits pour sa ménagère,
Quand son chef a le dos tourné.
Après les valets, c'est le maître :
Il faut se laisser attacher
Les pieds, les bras, — et se soumettre
A tous les tourments, sans broncher !
Monsieur se plaît au jardinage,
Il a fait ses cours à Paris ;
C'est l'oracle du voisinage.
Il prend des notes, — il écrit ;
Chaque matin il m'examine
Et braque sur moi son lorgnon,
Va du pistil à l'étamine,
Et de la corolle à l'ognon ;
Autant que lui, personne au monde,
Ne s'escrime de ses dix doigts :
Il coupe, il retranche, il émonde,

En corneille abattant des noix.
Pour peu qu'une mouche le pique,
Il vous déplante et vous met bas,
Sans attendre que l'on s'explique.
Je tremble au seul bruit de ses pas ;
Un brouillard, un rien, tout le fâche :
« Jean, dit-il à son jardinier,
« Allons, prenez-moi cette hache,
« Et qu'on m'enlève ce prunier,
« Otez ce jasmin, je l'exige, —
« Et cette rose, coupez-la.
« — *Mais, Monsieur ?* — Coupez-la, vous dis-je.
« A quoi bon ces jacinthes-là ?... »
Pour un point noir, une berlue,
Au collet il vous fait saisir
Et jeter, au loin, dans la rue.
Tu n'existes que pour souffrir,
Pauvre fleur, — c'est ta destinée ;
Que t'aura servi ton printemps ?
Adieu, les lieux où je suis née !
Adieu, ces sœurs que j'aimais tant !

L'ENFANT.

Vos maux, c'est vrai, valent les nôtres ;
Mais, dites-moi, n'est-ce pas tout ?

LA FLEUR.

Tous mes chagrins?.. j'en ai cent autres ;
Écoute-moi bien jusqu'au bout :
Que l'enfant n'accuse personne ;
S'il est captif, — il l'est pour lui ;
Moi, triste esclave, on m'emprisonne
Pour le luxe et l'orgueil d'autrui :
Dans un lieu choisi, solitaire,
De ce riche et pompeux jardin,
S'élève, à grand frais, une serre ;
Un Dieu, dit-on, y mit la main ;
La pierre à la brique s'y mêle
Dans un vif et léger travail ;
La vitre, à l'entour, étincelle,
S'étend, se courbe en éventail,
S'attache aux flancs de la charpente ;
Palais de cristal enchanté,
Temple, pagode transparente,
Dont on admire la beauté !
Au nord, un mur épais la couvre ;
Elle est inclinée au Levant,
Et, riante, s'épanche et s'ouvre
Aux feux attiédis du couchant.
Partout une main assouplie
Dispense avec soin la chaleur,

Étend la paille, la replie,
Et donne ou reprend la fraîcheur ;
La mouche, au vitrage attachée,
Y rêve un printemps éternel.
Sous terre, une étuve cachée,
De son souffle artificiel,
Hâte la sève qui sommeille ;
Du Dieu ressentant l'aiguillon,
Le germe, trompé, qui s'éveille,
Demande au ciel un doux rayon,
Lève la tête, — et voit la glace
Et toute l'horreur des hivers.
C'est là, dans cet étroit espace,
Que, des coins de tout l'univers,
Cent peuples rassemblés se pressent ;
On est là de tous les pays :
L'Égypte et le Chili s'y dressent
A côté du Japon surpris ;
Astre brillant, figure étrange,
L'un a vu ces flots révérés,
Ces heureux rivages du Gange
Par Delavigne célébrés ;
L'autre rêva, sous d'humbles mousses,
De mélancoliques amours,
Dans le vallon des Pamplemousses ;
Que n'a-t-il fini là ses jours !...
Quelle est cette jeune *Immortelle* ?

Dieu lui promit l'éternité,
Sa tige grandit, fière et belle,
Au berceau de la liberté :
Franklin l'apporta d'Amérique.
Cette Iris, d'un climat lointain,
Nous vint à travers l'Atlantique ;
Buffon lui servit de parrain ;
L'absence l'a déjà flétrie :
Voyez ce regard triste et doux, —
Elle regrette sa patrie,
Lieux chers, qu'on regrette partout ;
Pleure, pleure, pauvre étrangère,
Rien, ici, ne remplacera
Cette savane solitaire,
Où le rouge Indien t'admira.

Superbe et lâche servitude,
On vante tes biens, — je les hais ;
On prend avec eux l'habitude
Et la fausseté des palais.
Qu'importe une salle embaumée,
Si c'est pour l'orgueilleux plaisir
De sécher d'ennui, — renfermée
Dans l'altier sérail d'un vizir !

Et comment vivre en harmonie
Parmi ce monde d'inconnus,

D'assez mauvaise compagnie,
Épatés, rugueux, biscornus,
Qui, brûlés des feux du tropique,
Vous empestent de leurs odeurs,
Ou dont le dard sournois vous pique,
Comme un reptile, sous les fleurs?
Mêlant son haleine à la vôtre,
Le premier venu, sans façon,
Sur vous se renverse et se vautre!
Et, pourtant, en toute saison,
Comme une duchesse en toilette,
Il faut habiller son humeur,
Faire les beaux bras, la coquette,
Pour défrayer un grand seigneur!
Il me faudra, coûte que coûte,
Grimper, courir, grimper encor,
Pour jeter, du haut d'une voûte,
Mes rubis, ma pourpre et mon or,
Je devrai livrer ma jeunesse,
Mes plus doux secrets, tous mes feux,
A la coupable et folle ivresse
D'un tyran maussade et quinteux !

Une nature prévoyante
Me tenait close en février ?
Dans sa sottise impatiente,
Il me fait fleurir en janvier

Sans parfum, presque sans feuillage.
O l'habile loi du plus fort !
Je nais, — je succombe avant l'âge.
Du bluet, que n'ai-je le sort ?
Aucun souci ne l'importune ;
Loin du luxe et loin du méchant,
Sa pauvreté fait sa fortune ;
Simple et libre au bout de son champ,
Il ouvre gaîment sa couronne,
Et sourit au milieu du blé ; —
Si quelque faucheur le moissonne,
Il meurt, du moins, de jours comblé !

Que me fallait-il ? — peu de chose ;
Ce que Dieu doit à toute fleur,
Qu'elle soit bluet, lys ou rose ;
Des jours, aussi, selon mon cœur :
Le matin, — lorsque tout sommeille,
Ces frémissements inconnus, —
Cette fauvette qui s'éveille, —
Des murmures, des bruits confus, —
La porte du meunier qui s'ouvre, —
Et sur les plaines d'alentour,
Un roi qui monte et se découvre,
Disant : Allons, — il est grand jour !
A midi, — quelque molle brise
Qui vous endort dans le ravin,

Près d'une eau fraîche, qui se brise
Sous les vannes d'un gai moulin;
Le soir, — à l'heure où tout s'efface,
La lune, en un coin, qui paraît, —
Le chasseur fatigué qui passe,
Tenant en laisse un chien d'arrêt, —
Au loin, la perdrix qui *rappelle,* —
Des bergers poussant leurs troupeaux, —
Un pêcheur cachant sa nacelle,
Sous les saules et les roseaux, —
Et sur le pas de sa chaumière,
Filant sa laine et souriant,
La villageoise, heureuse et fière,
Regardant jouer son enfant !

Touchants loisirs, on vous délaisse ;
Être heureux, ce n'est plus assez :
Le bonheur, dit-on, c'est l'ivresse
Et le tapage !... homme insensé,
Plains-toi : tes villes fastueuses, —
Cette opulence où tu te plais, —
Tant de félicités menteuses,
Hélas ! vaudront-elles jamais
Un peu de paix, et, loin du monde,
Le plus court instant de bonheur ?
Moment rapide, heure féconde,
Pour qui la passe avec son cœur,

Devant Dieu, dans la solitude.
Que la nature s'y prend mieux !
Simple, naïve, et sans étude,
Elle me formait pour les cieux ;
Tous les biens naissaient à ma porte,
Je n'avais qu'à baisser la main :
Dans son bec un pinson me porte, —
Je m'assieds au bord du chemin, —
Je joue avec la marguerite, —
Ou je me cache au fond des bois,
Sous l'humble feuille qui m'abrite ;
Je fleuris partout, — quelquefois
Sur le chaume d'une cabane !...
Si l'homme eût compris ces plaisirs !
Mais dès qu'il me touche, il me fane ;
Il change cent fois de désir.
Si, le matin, j'ai ses tendresses,
J'aurai tous ses mépris le soir ;
Je subis jusqu'à ses tristesses ;
Ah ! c'est là mon plus doux devoir !
Quand un Dieu le frappe et l'éprouve,
Quand sous la douleur il fléchit, —
Moi, fraîche éclose, il me retrouve
Sur la tombe où son cœur gémit.

Et c'est à moi que l'on compare
Cet enfant, bambin sans raison,

Petit tyran, maître bizarre,

  Qui remplit de lui la maison?

Qu'une toux, qu'un bobo l'irrite,

  Qu'il ait l'air triste en se couchant,

On ne dort plus, — chacun s'agite,

  Et tous les esprits sont aux champs ;

Une aventure le désole?

  Qui peut attendre au lendemain !

Vite une mère qui console, —

  Un papa qui vous tend la main ;

Grand chagrin, douleur éternelle,

  Qui dure une minute ou deux,

Et qu'un oiseau, du bout de l'aile,

  Emporte avec lui dans les cieux !

Si l'enfant souffre, la sagesse

  Peut, du moins, à travers ses pleurs,

Lui montrer, au loin, la vieillesse ;

  Mais il n'est pas de vieilles fleurs !

Jeune on m'aimait, jeune on m'oublie,

  — Et sans retour !... tel est mon sort.

Voilà pourtant ce qu'on m'envie !

Non, reprit l'Enfant, — j'avais tort.

Signé : l'Auteur,
Esprit fort mince,
Et pauvre fleur
De la province ;
Non-électeur.

1ᵉʳ Janvier 1848

DIVERS

(1832)

~~~~~~

LE DÉPART

— Voyez-vous sur la route, à deux pas du village,
    Au pied d'un bois épais,
Ce verger? c'est le mien : vert et simple héritage,
    Rien n'en trouble la paix ;

— Là, sous quelques massifs, un toit qui vous abrite,
    Un banc, à l'ombre, un pré
Tout en fleur ; — c'est assez, — et l'ami qui vous quitte
    Se dit : je reviendrai.

— Adieu, voix du pays, qui berciez mon enfance ;
    Adieu, riant vallon, champ fortuné !

On m'exile, on m'a dit : Fuis ces lieux ; — moi, j'y pense
Et je pleure : c'est là que je suis né.

— M'exiler! et comment? sur les monts, dans la plaine,
   Au plus creux du ravin,
Quel sentier si désert, hélas ! qui me ramène
   Où, trente ans, on revint?

— L'hirondelle, au printemps, refait son nid d'argile
   Au clocher qui lui plut ;
Oui : mais de son berceau dès qu'il quitte l'asile,
   L'homme n'y revient plus.

— De la ferme voici la route accoutumée, —
   Là le mur inégal
Du vieux clos, — et, plus loin, la petite fumée
   Qui sort du toit natal ;

— Au pied de ce coteau qui descend à la rive,
   Jeune enfant, j'allais voir
Blanchir et ruisseler l'écumante lessive
   Sous les coups du battoir ;

— D'écoliers turbulents, quand la joyeuse escorte
   M'entraînait dans les bois,

Ma pauvre mère en pleurs, le soir, à cette porte,
    M'attendit bien des fois.

— Adieu, voix du pays, qui berciez mon enfance ;
    Adieu, riant vallon, champ fortuné !
On m'exile, on m'a dit : Fuis ces lieux ; — moi, j'y pense
    Et je pleure : c'est là que je suis né.

           ~~~~~~

— Que j'aimais, dans le port, à voir la folle voile
    Du canot imprudent,
Sous le souffle incertain qui taquine sa toile,
    Fuir au soleil levant ;

— Comme elle, à tous hasards, l'inquiète pensée
    Cherche au loin le bonheur
Et bientôt, frêle esquif, se recueille épuisée
    Dans quelque coin du cœur.

— J'épiais, sur le môle, à l'heure où le jour baisse,
    Le feu tournant qui luit,
Ou le pêcheur, surpris par une brume épaisse,
    Rentrant avec la nuit ;

—J'admirais, dans les champs, le moissonneur qui passe
    Sa faucille à la main,

Et ces lourds chariots, où la gerbe s'entasse,
    Encombrant le chemin ;

— Là, le meunier, penché sur la poutre branlante
    De son grêle escalier,
Fume au bruit du moulin, dont l'ombre grossissante
    Fait peur au cavalier.

— Adieu, voix du pays, qui berciez mon enfance ;
    Adieu, riant vallon, champ fortuné !
On m'exile, on m'a dit : Fuis ces lieux ; — moi, j'y pense
    Et je pleure : c'est là que je suis né.

~~~~~~

— Rendez-moi du saint lieu les touchantes merveilles :
    Ce peuple réuni,
— Ces enfants, deux à deux, dans de blanches corbeilles
    Portant le pain bénit ;

— De la rosace en feu le vitrage magique,
    Ces flots d'un pur encens,
Ces fleurs, ces chants sacrés, et sous l'arceau gothique
    L'orgue au loin gémissant ;

— Venez, vous qui souffrez : ici le cœur s'élance
    Hors du monde emporté,

Et dans le sein d'un Dieu s'abreuve d'espérance
    Et d'immortalité.

— Hélas ! qu'ils semblent longs ces jours de la jeunesse,
    Si rapides pourtant !
Fraîches fleurs du matin, que le zéphyr caresse,
    Et que l'orage attend.

Heureux qui peut vieillir ; heureux qui, près de l'âtre,
    Voit sous un toit bien clos
Ses enfants, vif essaim, dont l'enjouement folâtre
    Éclate en gais propos ;

— Heureux... mais je l'étais ; et ma douleur extrême
    Veut en vain l'ignorer :
Là, j'ai vécu, — là, j'ai souffert, — c'est là que j'aime ;
    Ah ! laissez-moi pleurer.

LE RETOUR

La nuit vient, sur les eaux une brise légère
Monte et fraîchit. Du soir enfants mystérieux,
Des nuages où brille un reste de lumière,
Semblent du jour qui fuit prolonger les adieux.

      Heureux qui, de son enfance,
      N'a pas quitté l'humble toit ;
      Plus heureux qui le revoit
      Et se souvient de l'absence !

Les collines, au loin, se couvrent de vapeurs ;
L'ombre nous gagne ; allons ! tout se tait, tout sommeille,
Écoutez : on n'entend que le chant des pêcheurs
Et la plainte du flot que notre rame éveille.

      Oui, les voilà, je les tiens,
      Tous ces amis d'un autre âge :
      Jean, le meunier du village,
      Georges, Louis, Paul, Bastien ;
      Et ce vieillard qui se penche,
      En beaux habits du dimanche,
      Sur un jonc qui le soutient,
      C'est Marcel ! Ah ! voilà Lise :

Quoi ! si grande ? et quelle mise !
Avançons : la place ! tiens, —
L'heure du clocher qui sonne ;
Là-bas, ce champ qu'on moissonne, —
Et ce clos qui m'appartient ;
Plus loin, le bois, la prairie...
Qu'elle est belle la patrie
Pour l'exilé qui revient !

Toi qui fus mon berceau, toi que j'ai tant aimée,
Chaumière, étroit réduit, — pour fêter mon retour,
Pare-toi bien, — et que des vents l'aile embaumée
Porte jusqu'à ton seuil ma joie et mon amour.

Heureux qui, de son enfance,
N'a pas quitté l'humble toit ;
Plus heureux qui le revoit
Et se souvient de l'absence !

Prêtresse de la nuit, découvre ton flambeau,
Guide-moi vers ces champs où le bonheur m'appelle ;
Dieu puissant, Dieu du pauvre, épargne ma nacelle
Et laisse-la glisser légèrement sur l'eau.

Saint-Quentin. — Imprimerie JULES MOUREAU.

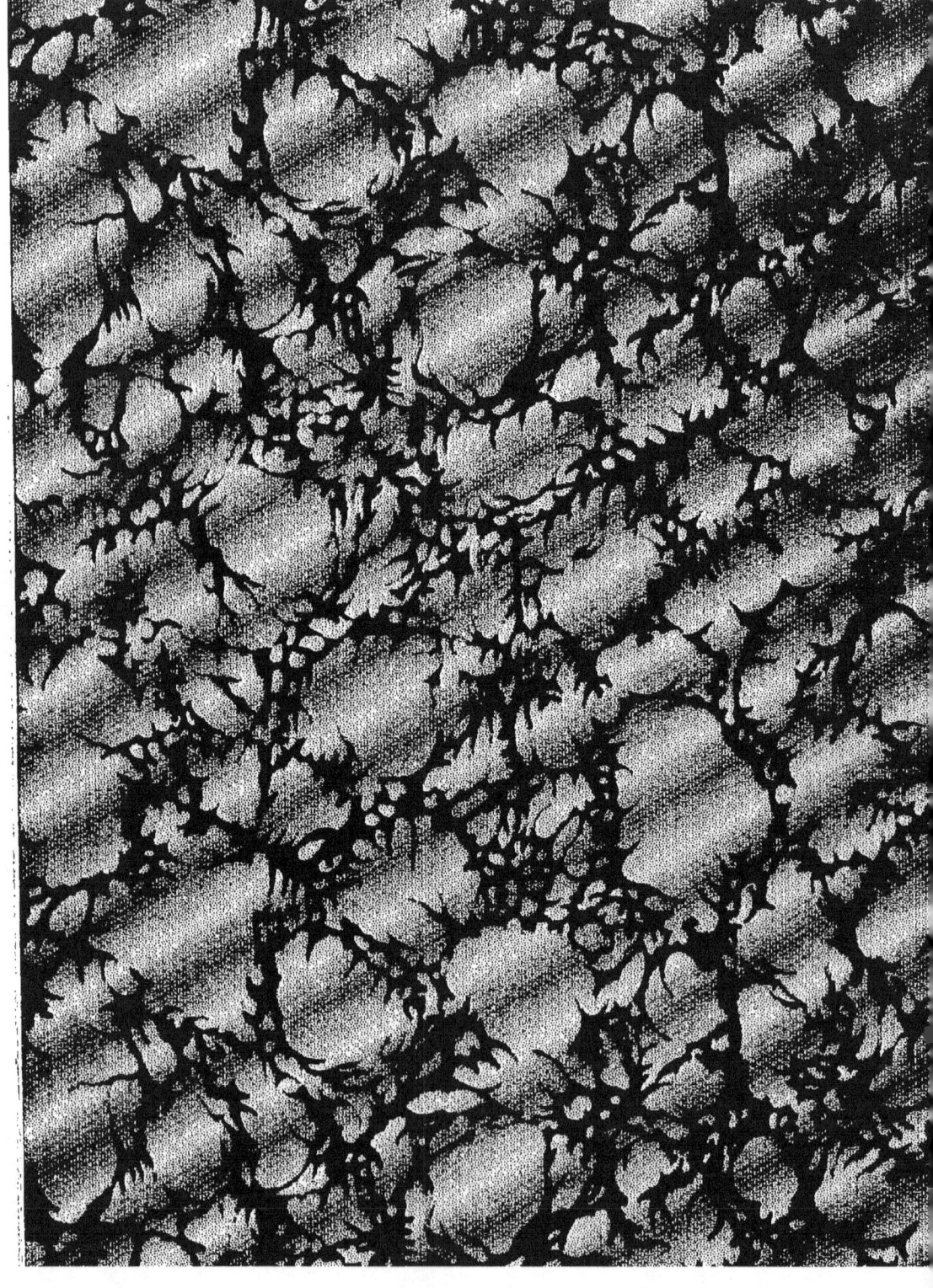

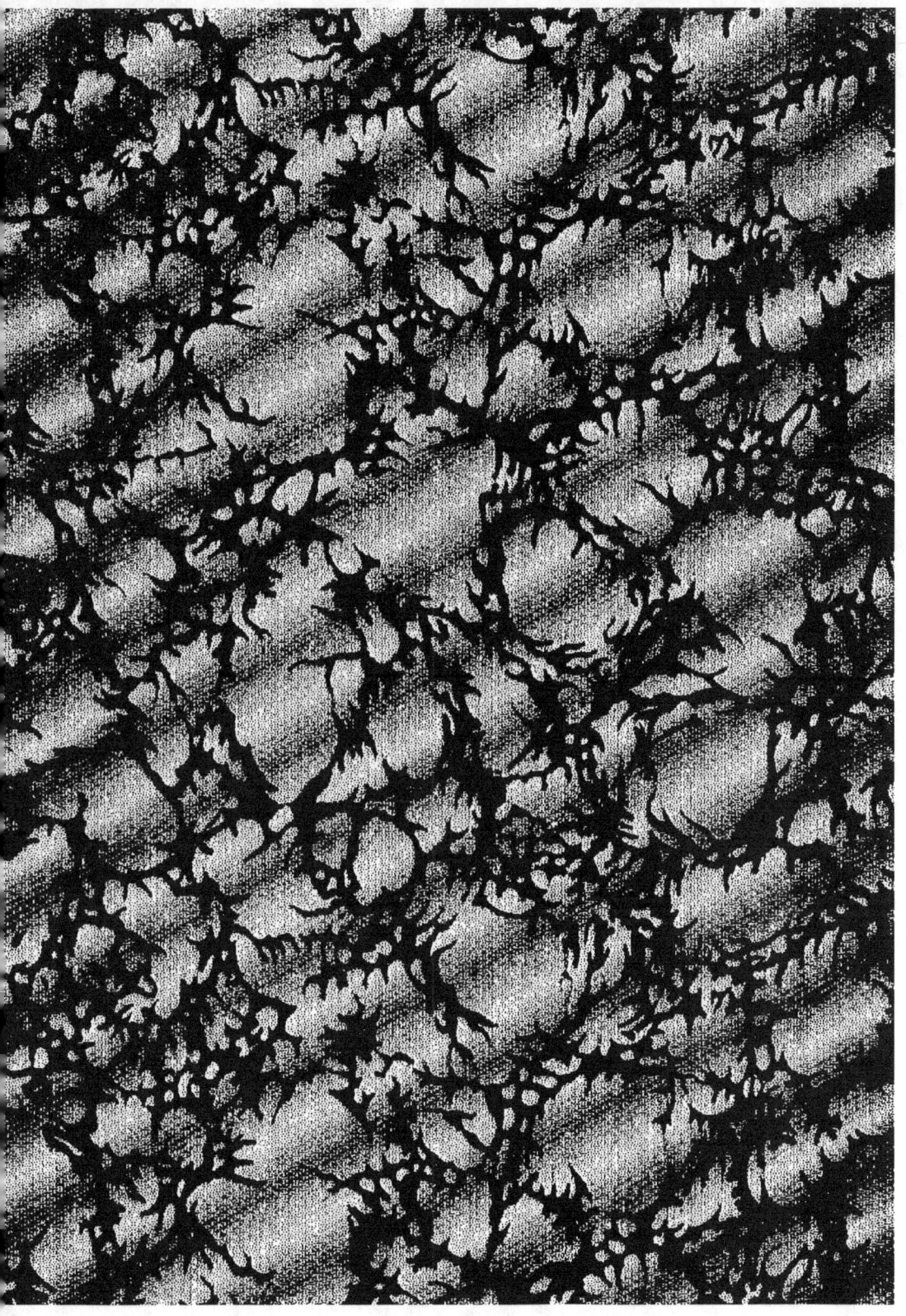

www.ingramcontent.com/pod-product-compliance
Lightning Source LLC
Chambersburg PA
CBHW071845020726
47502CB00003B/610